「や……」
「やじゃねえだろ。充分やる気になってる」

CONTENTS

SHY NOVELS

ロマンス不全の僕たちは

月村 奎

イラスト 苑生

ロマンス不全の
僕たちは

1

増井昂大《ますいこうだい》の職場である美容室シトロンは、都心から電車で二時間ほどの地方都市の、閑静な住宅街の一角にある。

築三十年の店舗は、レトロと言えるほど古くもなく、もちろんまったく新しくもないが、一年前に店長が母親から受け継いだ際に簡単なリフォーム工事を行い、若い男性美容師二人で切り盛りするのにぴったりなシックでモダンな外装になっていた。

「この歳《とし》になったら、白髪《しらが》のままでいいんじゃないかって気もしてるのよ。それなら髪も地肌も傷《いた》まないしね。ほら、グレイヘアって、今、流行《はや》ってるじゃない？　すごくお似合いの素敵な女優さんもいるし。でも、私みたいな普通のおばさんがやると、ただ老けて見えるだけなのかなって気もするし、完全に自毛の色になるまでの過程がねぇ……」

もう十分も延々と同じ話を繰り返し、ヘアカラーの方向性に悩み続けているアラカン女性客に、昂大は腰を屈《かが》めて鏡ごしに視線を合わせ、親身に相槌《あいづち》を打った。

「お気持ちわかります。手入れのいいグレイへアって素敵ですよね。ただ自分に似合うのかとか、伸ばす過程でだらしなく思われないかとか、だいたい皆さんそこで悩まれるんですよね」

客の優柔不断にイライラを募らせる美容師もいるが、昴大は客が納得するまで、相談に乗りたいタイプだ。自分の考えを押しつけるよりも、客の希望を最優先にしたいと思っている。

178センチとそれなりに上背のある昴大だが、細身のしなやかな身体つきと、おっとりとしたしゃべり方のせいで、かわいらしい印象を持たれることが多い。

繰り返し話を聞くうちに、女性客は本音ではカラーリングの継続を希望する気持ちが強いことを察する。

「僕からひとつ提案なんですけど、まずは髪の負担を軽減するカラー剤を試してみるのはどうですか？　選べる色調の幅が狭くなるのが難点といえば難点ですけど、傷みは全然違います」

色見本のカタログを見せながら丁寧に説明して、客が満足するまで話し合う。

そんな昴大の傍《かたわ》らで、若い女性客を担当する店長の遠藤進太郎《えんどうしんたろう》が、響きはいいが愛想のない低音できっぱり言った。

「大崎《おおさき》様にはショートボブは絶対似合わないので、やめた方がいいと思います」

遠藤とのつきあいはかれこれ八年ほどになるが、この無礼なまでのはっきりした物言いには、いまだにドキッとしてしまう。なまじ端整な顔立ちなだけに、無表情に発せられる言葉はより冷淡に聞こえる。

「遠藤さん、相変わらず毒舌」

常連の女性客は拗《す》ねたように頬を膨らませる。遠藤はヘアカタログを広げて、淡々と応じた。

「事実を言ったまでです。まず、大崎様の毛量だと、このシルエットを表現するのは厳しいし、ボウズだから襟足をこの位置でこの形状に整えるのは不可能です」

「ボウズってひどーい。禿《は》げてないもん」

「禿げているとは言ってません。大崎様のような襟足の形を、ボウズと呼ぶんです」

「なんでもいいけど、お客の要望に応《こた》えるのがプロの腕の見せどころじゃないんですか」

「もちろん技術を駆使してこれに近い形にセットすることはできます。でも、ご自宅に帰られて大崎様がご自分で再現するのはほぼ不可能です」

「えー」

「なにより、似合いません」

「ホント、ひどいですよね、遠藤さんって」

そう言いながらも、遠藤の腕とセンスを信頼している女性客は、最終的には笑顔で遠藤の提案を受け入れている。

昴大が担当客のカラーリングとカットを終え、仕上げのドライヤーをかけている間に、一足先に遠藤の担当客が仕上がった。ゆるいウエーブがかかった栗色のセミロングヘアは、若い女性客を最大限に魅力的に見せていて、本人も手鏡を見て満足そうな笑顔になった。

女性客が会計をしている後ろ姿を鏡ごしに眺めながら、昂大の担当客が笑顔で囁《ささや》いてきた。

「店長さん、前は怖い人だなって思ってたけど……」

「すみません、うちの店長毒舌で」

「でも、腕は確かよね」

「そうなんです。都内のサロンに勤めていた頃には、コンクールで賞を取ったこともあるんですよ」

「まあ、そうなのね。似合う似合わないをはっきり言ってくれる美容師さんって、貴重よねぇ」

私は増井さんみたいな穏やかな人の方が気が楽だけど、と、いたずらっぽく付け加える。

シトロンは基本予約制で、遠藤の担当は若い客、昂大の担当は年配の客が比較的多い。

学校帰りや仕事帰りの時間帯を希望する客も多く、閉店が夜九時を過ぎることもざらだった。

それでも、都内の人気店で働いていた頃の目が回るような忙しさに比べたら、二人で回すこの店は時間がゆっくり流れているように感じられた。

仕事終わり、昂大はシャンプー台周りの清掃をしながら、レジを締めている遠藤をそっと眺めた。

遠藤は、昂大の二十八年の人生で出会った中で、最も美しい男だ。一般人のみならず、芸能人でも、遠藤ほどの美形は見たことがない。昂大の欲目ではなく、前の職場でも遠藤の顔面偏差値の高さは誰もが認めていた。店に芸能事務所のスカウトが来たこともある。

二重の見本のような輪郭に囲まれた大きな瞳。手入れをしなくても完璧に整った眉。鼻筋の通った芸術的な鼻。やや酷薄に見える薄い唇。

とにかく美しい。美しいが、女性的な要素はひとつもなかった。184センチの長身と、それに見合った手足の長さが目を引く遠藤は、男が理想とするものをすべて兼ね備えているように見えた。身長差で言えばたかが6センチだが、並んで立った時の存在感が、自分と遠藤では象と蟻《あり》くらい違うように感じられた。

「すずのところで飯食って帰る」

レジを締めた遠藤が、抑揚のない声で言った。

「あ、じゃあ俺も」

掃除用具を片付けながら昂大が嬉々《きき》として応じると、遠藤は冷ややかに「図々しい」と言った。

「だってこの時間、飲食店ほぼ閉まってるし」

「俺の故郷がど田舎だってディスってんのか」

「違うってば。えんちゃんのお誘いに甘えさせていただきたいってことです」

「微塵《みじん》も誘ってねえ」

「出たツンデレ」

「うざい」

遠藤の声は真冬の北極圏なみに冷たくて、昂大は思わず笑ってしまう。ツンデレと言ってみたものの、遠藤の声にデレなど一滴もなく、本気でうざいと言いたげだ。

でも、こんな他愛ない言葉の応酬が楽しい。

あたりまえのような顔で遠藤の車の助手席に乗り込むと、遠藤はエンジンをかけながら舌打ちした。

「さっさと免許取れよ」

「教習所通う時間ないじゃん？　ワンチャン、休暇貰《もら》って免許合宿とか行ってきてもいい？」

「即クビな」

「ほら、ひどいし」

ささやかなやりとりの中で、チクリと良心が痛む。実は昂大は運転免許を持っている。前の職場では横暴な先輩の飲み会帰りの運転手にされるのが億劫《おっくう》なので、持っていないことにしていて、訂正する機会を失ったまま今に至る。幸か不幸か、その設定のおかげで、このツンしかない雇用主の助手席にこうして座らせてもらえている。

もしも昂大が車を持っていたら、職場以外で一緒に行動する機会など皆無だろう。遠藤は人とつるむのが好きではないのだ。

すずというのは遠藤の幼馴染《おさななじ》みの女性で、彼女の実家は『金木犀《きんもくせい》』というカフェを営んでいる。駅前の小さな歓楽街とファミレスを除けば、この街で夜九時過ぎまで開いている数少ない店だ。

しかし昂大たちが店に着いたときにはもう十時を回っており、吉川《よしかわ》すずがドアに準備中の札をかけに出てきたところだった。

遠藤は駐車場に車を滑り込ませると、

「間に合った」

淡々と言って、すずの手から札を取りあげた。

「間に合ってないからー」

ぷうっと膨れて、すずが札を取り返そうとするが、長身の遠藤が手を高く上げると、150センチに満たない小柄なすずには届かない。ぴょんぴょんと飛び跳ねると、アップにまとめた髪が弾むように揺れて、とてもかわいらしい。

二人のやりとりや仕草を見るたび、リアル少女マンガだなと思う。ぶっきらぼうなイケメン男子と、華奢《きゃしゃ》でかわいらしい女子の、幼馴染みコンビ。

「なにニヤニヤしてるんだよ」

ふいと遠藤に言われて、昂大はいよいよ笑顔を全開にする。

「だって、あまりにもお似合いだから、胸キュンだなぁって」

遠藤は無言で、準備中の札を昂大のシャツのボタンにひっかけ、さっさと店の中に入っていってしまう。

「もう！　ごめんね、増井くん」

すずは申し訳なさそうに、ボタンにかかった札を外す。

「こちらこそ、閉店時間なのにごめんね」

二人で恐縮し合ったあと、すずがぷっと噴き出した。

「なんで私たちが謝り合ってるんだろう。そもそもあいつのせいなのに」

すずは元通り準備中の札をかけ直してからドアを開き、笑顔で「どうぞ」と昂大を店の中へといざなった。

フロアの照明はすでに絞られており、遠藤はカウンターに座って、アイスコーヒーを飲みながらマスターとピザを食べていた。

「えんちゃん早っ」

「今、ちょうど賄《まかな》い用《よう》に焼いたところだから、増井くんもどうぞ。あとはカルボナーラでいい？

ママ、サラダお願い」

てきぱきと仕切るすずとその家族に、昂大は恐縮して頭を下げる。

「すみません、もう閉店時間過ぎてるのに」

「いつものことだろ」

マスターがぼそっと返す。男を何タイプかに分けたら、すずの父親は完全に遠藤と同じカテゴリーに分類される。男っぽくて、無口で無愛想。

「ホントにすみません」

「いいのよ、増井くん。どうせ進《しん》ちゃんに引っ張ってこられたんでしょう」

マダムが笑顔でフォローしてくれるが、

「こいつが勝手についてきた」

遠藤がスパッと言う。

「またそういう身も蓋《ふた》もないこと言う。って、実際その通りなんですけど」

昂大はおどけた口調で言いながら、遠藤の隣に座った。

「なんでそこに座るんだよ」

「え？　だって連れだよ？　一緒に来て離れて座ったら変じゃん？」

「面倒くせえ」

「いや待てよ。なんで？」

いつも通りテンポよくボケたりツッコんだりしていると、すずが噴き出した。

「ホント面白い、二人の会話。めっちゃ仲良しだよね」

マスターに指示されて昂大の皿にピザを取り分けていた遠藤は、すずの言葉を聞いてそのピザを自分で食べてしまう。

「だからーっ、なんでだよ！」

昂大が猛ってみせると、マダムとすずは「ホントに仲良しねぇ」とほのぼのした視線を向けてくる。

昂大は芝居がかって怒った演技を続ける。

いいコンビだねと、シトロンの客からもよく言われる。

遠藤はどう思っているのだろうか。スマホのニュースを眺めている無表情な横顔をそっと盗み見る。

遠藤とは八年のつきあいになるが、前の職場での七年間、プライベートで会ったことはほぼない。

それを思えば、今こうして、時々一緒に夕飯を食べているのが不思議だった。

あまり不躾《ぶしつけ》に見つめすぎたのか、遠藤が視線をあげて、昂大を見た。

「えんちゃん、ちょっとタバスコ取ってもらえる？」

そういう意味の視線だったというさりげなさを装って昴大が言うと、遠藤は長い指でタバスコの瓶をつまんで昴大の前に置きながらぼそっと言った。

「その呼び方、やめろって言ってるだろ」

前の職場でもみんな遠藤をそう呼んでいたのだが、昴大が呼ぶと嫌そうな顔をする。そこまで嫌ならなぜ独立店に雇ったんだよと思いつつ、昴大はおどけて返す。

「申し訳ありません、店長」

遠藤はじろっと睨《にら》んできた。

「普通に名前で呼べ」

「遠藤さん」

「なんで『さん』とかつけてんだよ」

「だって店長ですし」

「うざい」

「じゃあ正解はなんなんだよ！」

パスタを運んできたすずが、「ほんと名コンビ」とくすくす笑う。

パスタの皿をテーブルに置くすずの指先に、昴大は視線を止めた。

「今日のネイル、また一段とかわいいね」

「ありがとう！　今回のイメージはプリンセスなの」

すずはネイリストで、昼間はショッピングモールのネイルサロンで働いており、仕事のあとや休日は『金木犀』を手伝っている。

「すずちゃんのイメージぴったり」

「ほんと？　嬉しいな。あ、今日お客様に施術したネイル見る？　めっちゃかわいくできて喜んでもらえたんだよ。お客様のお好きなアニメキャラのイメージデザインなの」

すずはエプロンのポケットからスマホを取り出して昂大の隣のスツールに座り、美しく彩られた指先の画像を見せてくれる。

「うわ、すごい！　イメージどころか、顔そのものがついてるけど」

「これね、めっちゃ再現度高いってお客様絶賛」

「こっちもすごいね。こんな細かい模様、見てるだけで目が痛くなりそう。すずちゃんすごいね」

「それが、最近アレ買ったら、すっごくいいのよ、ほら、あのメガネ型のルーペ」

「ああ、こうやってキャッ！　ってやつ？」

昂大がエアメガネを外して尻の下に敷く真似をすると、すずは笑い転げた。

「それそれ！」

二人でひとしきりCMの真似をしてはしゃぎ、再びここ最近のすずのネイル作品を眺めて、感心したり感想を言ったりして盛り上がった。

昂大もすずも人当たりがよく饒舌《じょうぜつ》な方で、こうして会うといくらでも話していられる。

「よくそんなにしゃべることがあるな」

さっさと食事を終えた遠藤が、呆れ声で言う。

「普通でしょ。進ちゃんが無口すぎるのよ」

すずの反論に、マスターが低い声で言った。

「無口な男は誠実だ」

自分とよく似た性質の娘の幼馴染みに、マスターが好感を抱いているらしいことは、ここに初めて来たときから知っている。マダムが『お父さんは、いずれすずが進ちゃんと結婚して、美容室でネイルもやればいいって思ってるのよ』と言っていた。

遠藤が娘婿《むすめむこ》にと嘱望されていることも、おしゃべりな人間は不誠実と思われているのか？ということも、昂大の胸をチクチクと傷つけるが、どんな球でも笑顔で打ち返すのが昂大の気質だった。

「すみません、おしゃべり野郎で。俺もマスターに誠実って言ってもらえるよう、寡黙になる努力をします」

「やめてよ。増井くんとおしゃべりするの、すっごく楽しみにしてるんだから」

「そうよね。私も増井くんみたいな男の子、大好きよ」

マダムも助け舟を出してくれる。明るく話好きなマダムは、すずとよく似ている。

「ありがとうございます」

昂大にとってはなんの縁もゆかりもない人たちなのに、この店に来ると、不思議と実家に帰ってきたような気持ちになる。本物の実家はもうないから、なおのこと郷愁を誘われるのかもしれない。

おいしい夕飯を、ほぼサービスのような値段でご馳走になったあと、遠藤の車でアパートまで送ってもらった。

二人きりの車中は、昂大が一方的になにかしゃべっているか、二人で黙り込んでいるかだ。深夜の田舎道は車も少なく、信号は点滅に切り替わっている。

沈黙を気づまりに感じる時間すらなく、あっという間に昂大のアパートに到着した。

「いつも送ってもらっちゃってありがとう」

昂大が言うと、

「送りたくて送ってるわけじゃない」

案の定、取り付く島もない返事。

昴大を降ろすと、遠藤はなんの余韻もなく走り去っていった。

「ブレーキランプ五回点滅させてほしいなぁ」

昴大は一人呟いて笑ってしまい、それからドリカムの古い歌を小声で口ずさみながら、アパートの階段を上がった。

昴大は、もう長いこと遠藤に片想いしている。

2

昂大《こうだい》の性格形成には、二つのことが多少なりともかかわっている。

ひとつは家庭環境だ。

昂大の両親はひどく不仲だった。

父親は、家事や子育てよりキャリアアップを優先する母親を苦々しく思い、一方母親は、自分より稼ぎが少ないくせに多くの家事分担を要求する夫に不満を抱いていた。

家の中の空気はいつもギスギスしていて、両親は滅多に口をきかず、たまに話せば罵り合いになった。

そういう環境に置かれた子供たちの反応も様々だと思う。家にいたくないと思うタイプ、心を閉ざすタイプ、メンタルの強さを鍛えられるタイプ。

昂大は、空気を和らげるべく道化るようになった。会話のない両親の橋渡し役に徹し、面白おかしいことを言って一人でボケたりツッコんだりする。たまに両親がくすっと笑ってくれると、たまらなく幸せな気持ちになった。

昂大の努力も虚しく、中学生のときに両親は離婚し、母親は家を出ていった。今は同じような先進的な考えを持つ男性と新しい家庭を持っており、交流はない。

罵り合いを聞かずにすむようになったのはほっとしたが、やはり淋しさはあった。それを誤魔化すように、昂大は父親の前では陽気に道化続けた。

もうひとつの要因は、自身の性指向を自覚したことだ。人当たりがよく、男女ともに友人が多かった昂大だが、女子といるときには共感や仲間意識が湧き、逆に特定の男子に対して妙に落ち着かない気分になる自分に気付いた。

元々やわらかい雰囲気を醸《かも》し出《だ》していた昂大は、友人たちから「もしかしてあっち側？」などとからかわれることがあった。本当にそっち側なんだと自覚したとき、一人でボケたりツッコんだりする性格に拍車がかかった。

世間に認められつつあるとはいえ、恋愛対象が同性というのはまだ抵抗を感じる人も多く、昂大自身もそんな自分をなかなか認められなかった。

「あっち側？」と言われたら、「あ、わかる？」とのっておいてから、「ってなんだよそれ」とツッコんでみせた。ムキになって否定せず、なにを言われても当たりやわらかく笑いにして返すことが、幼い頃も成長したのちも昂大にとって、最大の自衛手段だった。

そんなふうにして成長した昂大が遠藤《えんどう》と出会ったのは、二十歳《はたち》のときだ。美容の専門学校を卒業して就職した都内のサロンの同期だった。

遠藤は大学を中退して専門学校に入り直しており、歳《とし》は二つ上だった。

研修後、昂大と遠藤は同じ店に配属されたものの、最初は性格が真逆の遠藤が苦手だった。遠藤もそう感じていたと思う。

職場の体育会系の厳しい人間関係の中、人当たりがよくて腰が低い昂大は、先輩たちにいじられつつもかわいがられたが、愛想が一切なく、相手が先輩でも納得がいかないことには従わない性格の遠藤は敵を作りがちだった。

なにより、その完璧なルックスが、反感を買う要因のひとつでもあった。

美意識が高くて流行に敏感なタイプが多い職種だが、元の素材の良さで遠藤は図抜けていた。

「選ぶ職業間違えたんじゃないのか？」と、嫌味とやっかみをこめて、先輩からよく言われていた。

なにを言われても、遠藤は表情ひとつ変えることはなかった。

店に入って最初の二年は、仕事中にハサミに触れることはなかった。客の髪に触れるのはシャンプーとカラーリングの補助のみ。いわば見習いの下仕事なのに、その段階ですでに遠藤にはシャンプーの指名が入った。

修業期間を経て、カットを任されるようになると、遠藤への指名数は数年上の先輩をあっという間に抜き去った。

「いいよな、イケメンは。顔だけで指名が取れて」

特に嫌味な性格の安西《あんざい》という先輩にそんなふうに言われたとき、遠藤は無表情に「どうも」と返し、さらなる顰蹙《ひんしゅく》を買ったりしていた。それをそばで見ていて、昂大はハラハラした。

つきあいが二年にもなると、遠藤がただ見た目がいいだけの無能な男ではないことはわかっていた。実は誰よりも努力家で、いつも一番遅くまで店に残り、ヘッドマネキンを使って練習を積み重ねていたし、同期のよしみで昂大とお互いの髪でカットやカラーなどいろいろ試し合ったりもした。うまくいかないとつい泣き言や言い訳を口にしてしまう昂大と違って、遠藤は常に寡黙で、ひたむきに努力を重ねていた。

三つ上の八代《やしろ》という面倒見のいい先輩と店長だけは、遠藤の努力と才能に一目置いて評価していたが、それ以外の先輩たちは、相変わらず遠藤を敵視していた。

遠藤が客のオーダーに対して、似合わないとか、そんな仕上がりにはならないとか、はっきり言うのも、安西たちの目には生意気に映っていたようだ。愛想のいい安西は、客の機嫌を取り、オーダーを忠実に再現していたが、経験も接客も上の自分よりも、生意気な若造の方が指名客が多いので腹に据えかねていたのだろう。

人当たりがよくて過剰なほどに空気を読む昂大は、安西にかわいがられ、子分のような扱いを受けていた。安西が遠藤をよく思っていないことに昂大はいつも気を揉んでいた。遠藤の生意気さを安西が面白く思わない気持ちはわかる。しかし、遠藤のセンスと才能が安西よりずっと上だということもわかっていた。

子供の頃の家庭不和の余韻を引きずり、とにかく空気がぎくしゃくするのが昂大はとても苦手だった。昂大が安西の子分に甘んじていたのは、多分それゆえだ。あえて安西側につくことで、険悪な空気になったときにさりげなく仲裁役を買って出た。

勤務先のサロンはショッピングモール内にあって、元日以外年中無休で、休日もシフト制だった。昂大と遠藤はほぼ休みが合わなかったから、休日に一緒に出かけるようなことはまずなかった。

そもそも遠藤は人とつるむのが嫌いで、仕事のあとの食事や飲みにもほぼ参加しなかったから、休日のシフトが合ったところで一緒に出かけたりはしなかっただろうが。

唯一、大晦日《おおみそか》の仕事納めの飲み会は全員参加が義務付けられており、その日だけは遠藤も出席した。

三年目の納会で、昂大はいつものように安西の隣に座らされて、アルコールで常にも増して饒《じょう》舌《ぜつ》になった安西の相手をしていた。

「だいたいさ、あの顔で北見《きたみ》エリと同じヘアスタイルにしてくれとか言えるど厚かましさ、プライスレスじゃね？」

安西は人気女優のヘアスタイルをオーダーしてきた客の陰口を嬉々《きき》として語り始めた。昂大は苦笑いで「言いすぎですよ」とか「確かに北見エリちゃんとは真逆のお顔立ちでしたけど、かわいらしいお客様でしたよ」などと、迎合はしないが、強く逆らって場の空気を悪くしたりしないことを最優先に、やんわりと相手をしてやり過ごした。

こういうときの安西は、絵に描いたような悪役顔で、店長や八代も苦笑いしつつ「いい加減にしろよ」と諫《いさ》めたりした。

うまく表現できないが、安西の悪役ぶりには憎めないところがあった。昂大は、極力客のオーダーに応《こた》えたいタイプだが、無茶振りとしか思えない要望もときにはある。そんなふうに思ってはいけないと押し殺している気持ちを、安西は歯に衣着せぬ物言いで表現して、仲間内の笑いを誘っていた。陰ではいろいろ言うが、接客ではおくびにも出さず忠実にリクエストに応えるところは、さすがにプロだった。

ひとしきり客の無茶なオーダーを笑い話にしたあと、「北見エリっていえば」と安西は小馬鹿にしたように皮肉っぽい笑みを浮かべた。

「最新の主演映画が興行収入五億突破ってマジかよ。あんな既視感バリバリの悲恋もの、どんなやつが観るんだよ」

「すみません、俺、観ちゃいました。めちゃくちゃ泣いちゃいましたよ」

昴大がおどけて言うと、安西は「うわぁ」と目をすがめた。

「ここにもいたか、ステロタイプ。そんな凡庸《ぼんよう》な感性だから、おまえはつまんないんだよ」

「すみません。面白い男になれるように、安西さんのおすすめを伝授してください」

「言っても絶対おまえなんかにわかんないって。俺が観るの、単館上映のマニアックなやつばっかだから」

安西は答えをはぐらかし、代わりに、昴大の隣で無言で酒を飲みながらスマホをいじっていた遠藤に声をかけた。

「おまえはどんな映画観るの？」

遠藤は面倒そうに視線をあげて、最近実写化された人気少年マンガのタイトルを口にした。

安西は満面の笑みを浮かべた。

「おい、本気かよ？　あれ、原作も冗長でくだらないけど、実写版とかクソじゃん、マジで。そもそもマンガの実写版って、カスみたいな作品ばっかだよな」

目の敵《かたき》にしている後輩の凡庸な趣味にマウンティングするのが、心底嬉しくてたまらないという雰囲気がダダ漏れていた。

遠藤は、スマホに視線を落としてぼそっと言った。

「こき下ろすことで、一段高いところに立てたみたいな勘違いに陥《おちい》る人って、どこにも一定数いますよね」

安西は笑顔のまま固まり、「は？」と声を裏返した。遠藤は重たげな二重瞼《ふたえまぶた》の下から、くだらないものを見るような視線を向けた。

「自分でなにかを生み出したり、好みを発信したりはしないんですよね。底の浅さがバレるから。それより誰かや何かを上から目線で批判する方が、楽にマウント取れて気分いいし」

「おい。年長者に向かってその口の利《き》き方《かた》はなんだよ。どっちが上から目線だよ！」

激昂《げっこう》した安西が、椅子を蹴って立ち上がった。

遠藤も静かに立ち上がった。間に挟まれた昂大もつられて立ち上がり、一触即発の二人を宥《なだ》めようとしたが、

「よいお年を」

遠藤はさらっと言って、出口へと向かった。

怒り狂う安西を八代が宥め、昂大は同期の不始末を「すみません！」とペコペコ頭を下げて詫

びると、遠藤を追いかけた。

「えんちゃん、いくらなんでも言いすぎだって」

店を出たところで追いつき、弾む息で窘《たしな》めると、遠藤は冷めた目で昂大を見下ろしてきた。

「おまえは媚びすぎ。バカにされたら少しは反撃しろよ」

そう言われて、昂大はちょっと驚いて遠藤を見た。まさか、自分の代わりにやり返してくれたのか？

しかし遠藤の感情の読めない瞳を見て、すぐにそんなわけはないと思い直した。遠藤が誰かのために怒ったり庇ったりなんてありえない。あくまでも己の気持ちに正直なだけだ。

「とりあえず、戻ってサクッと謝ろうよ」

「本当のことを言っただけだろ」

「正論かどうかの問題じゃなくて、場の空気っていうかさ」

「くだらねえ」

一刀両断されて、うっとなる。安西のマウンティングには微塵《みじん》も傷つかないのに、遠藤のひとことには破壊力がある。事なかれ主義で場の空気を読もうとする自分は、確かにくだらない。

「……ていうか俺、まだ何も食べてなかったんですけど」

だからといって、キレ返すでもなく、図星を指されて落ち込んだアピールでもなく、昂大は持ち前のソフトな対応で切り返した。

「俺だって唐揚げ一個しか食ってねえし」

遠藤は不機嫌そうに言って、はす向かいのハンバーガーショップに入っていった。昴大もついていって、それぞれにバーガーのセットメニューを注文し、混みあった店内で唯一空いていた狭苦しい二人掛けの席で向かい合った。どちらもそこそこ上背があるため、せせこましいテーブルの下で膝がぶつかり合い、遠藤が不服げに眉をひそめた。

もそもそとポテトを口に押し込みながら、そういえば知り合って三年目で、仕事以外で二人きりで過ごすのは初めてだと思った。

しばらく無言で食べていると、八代からラインが届いた。安西の機嫌は直ったから、近くにいるなら戻っておいでという内容だった。そのまま遠藤に伝えると、「じゃあ戻れば？」と他人事《ひとごと》のように言われた。昴大も、正直もう面倒になっていたので、八代には穏便に詫びの言葉を送って、スマホをしまった。

「おまえ、なんであんな人に媚びてんの？」

遠藤に言われて、昴大は苦笑いを浮かべた。

「媚びるっていうか、まあ、安西さんはわかりやすい人だから憎めない」

自分の心情をそう口にしてみて、実は自分こそが安西を低く見ていたのではないかと思った。

人を見下したり、バカにしたりするのは、実は自分に自信がないゆえの虚勢。わかりやすい人だから、機嫌も取りやすい。

急に自分が最低な人間になったような気がした。

「確かに、お客様の陰口とか言うのは最低だけど、本音と建前があるのは俺も一緒だし。誰もがえんちゃんみたいに、本音だけで生きられるわけじゃないよ」

こんな言い訳、またこっぴどく言い負かされるだろうと思った。だが、返ってきたのは意外な言葉だった。

「あの人とおまえは違うだろ。おまえの建前は、保身でも偽善でもない。相手を傷つけないための気遣いだ」

昂大は驚きすぎて口からぽろっとポテトをこぼした。

「きったねえな。なんだよ、そのリアクション」

「だって俺、ずっとえんちゃんには嫌われてるのかなって思ってたから」

遠藤がものすごく嫌そうな顔で「は?」と言ったので、昂大は慌てて言葉を足した。

「いや、実は好かれてたんだとか、調子にのったわけじゃないよ? ただ、俺みたいなタイプは全否定だと思ってたから、そんなふうに思ってもらえてたなんて、意外だなって」

説明しているうちに、だんだん自分の気持ちもわかってきた。ずっと遠藤のことが苦手だと思っていたが、それは苦手というより、自分にないものへの憧《あこが》れだったのかもしれない。

そう思ったら、触れ合った膝がにわかに意識されて、心拍数が上がった。

遠藤は口の端に小さく笑みを浮かべて言った
「俺みたいな人間ばっかだったら、この世は殺伐《さつばつ》としすぎるだろう」

それはつまり、自分の存在意義を許容してくれているということか。舞い上がるほど嬉しくて、そんな自分が恥ずかしくなってしまい、昂大は余裕ぶって誤魔化した。

「あ、自覚はあるんだ？」

「うるせえよ」

誰にでも当たりがよく、うまくやっていると思いながらも、その裏で、常に空気を読んで行動する自分に自己嫌悪を覚えることもあった。

でも、遠藤は認めてくれた。

遠藤にしてみたら、それほどの意味はなかったのかもしれないが、昂大にとっては、非常に大きな喜びだった。


それを機会に距離が近づいたかといえば、まったくそんなことはなかった。

相変わらず職場での遠藤は無口で尊大で、安西とは水と油の関係だった。仕事上の話はするし、一緒に仕事後の自主練もしたが、プライベートで出かけるようなことはまったくなかった。

表面上の関係性は変わらないまま、昂大の心は急速に遠藤に惹《ひ》かれていった。職場に後輩が入ってくるようになると、男女問わず遠藤派は増えていった。とっつきは悪く言葉はきついが、裏表が一切ない遠藤は、客からも後輩からも信頼を寄せられた。

昂大の気持ちが決定的になったのは、その半年後に父親が亡くなったときだった。癌《がん》を患《わずら》っていたが、予後もよく、普通に仕事復帰していたので、急に症状が悪化して亡くなってしまったときには、本当にショックだった。

喪主となった昂大は、諸々《もろもろ》の儀式や手続きのために数日仕事を休まざるを得なかった。中堅の人気スタイリストの一人になっていた昂大には予約も多く入っていて、忌引き休暇といっても、様々な差しさわりが出てくる。

「大丈夫だから、心配しないで」と言ってくれた八代に頭を下げて、昂大は父を送った。

結局、父親には最後まで自分の性指向のことを打ち明けられなかった。事あるごとに、結婚するなら母さんとは真逆のタイプにしろだの、おまえには幸せな結婚生活を送ってほしいなどと言う父を、お得意のどんな球でも打ち返す話術でのらりくらりとかわしてきた昂大だが、父の骨を拾いながら、もっと真面目に父と話せばよかったと思った。

男二人、すごく仲のいい家族だったというわけではないが、空気のように常にそこにいた父がいなくなって、気が抜けたようになりながら、四日後に昂大は仕事に復帰した。

口々にお悔やみの言葉を伝えてくるスタッフたちの中で、遠藤は相変わらず無言で、そんないつも通りの対応になんとなくほっとした。

あとで八代に聞いたところ、昂大の予約客のうち、日時の変更が不可の客に関しては、すべて遠藤が担当してくれたという。

「まさか、毒舌で俺のお客様を永久追放したりしてないでしょうね？」

場を和ませる気持ち半分、本音半分でおそるおそる訊ねると、八代は「それがさ」と驚いたような顔で言った。

「なんとあのえんちゃんが、昂大のお客様には自分のお客様にするみたいなダメ出しは一切しないで、極力希望に沿うようにオーダーに応じてて、びっくりしたよ。やればできるんじゃないかってさ」

思いもよらない話に、昂大は心の底から驚いた。人のことなど我関せずだと思っていた遠藤が、担当外の客を引き継いだのみならず、そんな神対応をしてくれたなんて。

休憩で二人になったときに遠藤に礼を言うと、「同期のよしみだからって、八代さんに押しつけられたんだよ」と不機嫌そうに言った。もし本当にそうだとしても、意に染まぬことは引き受けない遠藤だから、感謝の気持ちが薄れることはなかった。

あのハンバーガーショップのときから薄々と昂大を支配していた気持ちは、間違えようもなく大きく強くなっていた。

遠藤が好きだと意識すると、父のことで弱っていた気持ちがゆらゆら揺れた。

父に、好きな人がいると、話せばよかったな。

いや、逆に余計なことを伝えずに送れたのは親孝行だったのかな。

叶うこともない恋心と、父を見送った喪失感で、胸が詰まった。


恋愛感情を自覚したところで、なにかが変わるわけでもなかった。遠藤とは相変わらず仕事だけの関係で、一日に交わす会話は両手に満たない程度。仕事は忙しく充実していて、気付けばあっという間に季節が巡り、一年が過ぎていく。

父の死で胸にぽっかり空いた穴も、側溝に落ち葉が吹き溜まるように、日々降り積もるなにかに埋もれて表面上は見えなくなっていった。

こんな日々が一生続けばいいのに、と思っていた。接点は仕事だけの、単なる同期。毎日職場で顔を合わせて、仕事以外の雑談をほんの少し交わせれば、最高の一日。そんなささやかな昂揚感を糧《かて》に、ただただ永遠にこの日々を重ねていきたいと思った。

しかし、永遠などこの世に存在しない。

勤め始めて六年目。珍しく遠藤が二日続けて休みを取った。

何事もなかったように出勤してきた日、仕事を終えると、遠藤は、まっすぐ店長のところに歩み寄った。

「来月いっぱいで、辞めさせてください」

驚きでドクンと心臓が脈打ち、身体中が爆発しそうになった。

「なんで⁉」

店長や八代が何か言う前に、昴大は大声を出していた。

「おまえ、声うるさい」

遠藤は鬱陶《うっとう》しそうに言ったが、

「母親が死んだから、実家の美容室を継ぎたい」

意外にもちゃんとした答えが返ってきた。昴大にとっては衝撃的なものだった。

店長が慰留の言葉をかけたものの、遠藤の意志は固いようだった。店長や八代とのやりとりを、昴大は言葉もなく呆然と聞いていた。

帰り際、昴大は遠藤に声をかけた。

「あの……ごめん、俺、お母さんのこと、全然知らなくて……」

「なんでおまえが謝るの？　言ってないんだから知らなくて当然だろ」

「そうなんだけど……」

言われてみれば、話してさえもらえなかったことがずしりとショックだった。そしてなにより、自分の父親が亡くなったときに、遠藤が一切恩を着せることもなく仕事をカバーしてくれたことを思い出し、また、親を亡くした時の、身体に穴が空いたような空疎な感覚を思い出した。

「お母さん……残念だったね」

「十年前に病気が見つかったときから、覚悟してたから。結構頑張った方だと思う。先月まで店に立ってたし、まあいい人生だったんじゃない？」

こんなときでも、飄々《ひょうひょう》と他人事のようにしゃべるが、疲労を感じさせる充血した瞳から、悲しみが滲《にじ》み出《で》ていた。状況が昂大の父親のときとよく似ていたので、余計に身につまされた。

こみあげてきた涙を、瞬《まばた》きで誤魔化そうとしたが、あっさりバレてしまった。

「なんでおまえが泣いてんだよ」

呆れたような怒ったような声で、遠藤が言った。

「いや、泣いてないから」

「どう見ても泣いてるじゃんよ」

遠藤は肩に巻いていたニットの袖で、昂大の顔を乱雑にこすった。

「あ、これ知ってる。少女マンガとかに出てくるトゥーンクな萌えシチュ」

諸々の感情が高まって動揺し、道化ずにはいられず、昂大が茶化すと、

「うぜえ」

遠藤がうんざりしたように言う。

昂大は泣き笑いで遠藤のニットを引っ張り寄せてごしごしと顔をこすった。

「父親が亡くなったときのことを、思い出しちゃったんだよ」

「……おまえは同居だったからな」

あまり感情的なことは言わない遠藤にしては、珍しいひとことだった。別居の親が亡くなってもこんなにつらいのだから、一緒に暮らしていたおまえはもっとしんどかったんだろうなというニュアンスが伝わってきた。

いろいろな感情がこみあげて、涙がさらに溢れ、遠藤に縋《すが》りつきたい衝動にかられた。

でも、そんなことはできない。

感情を押しつけて困らせるような役割は、自分の担当ではない。自分はあくまで道化役でいなくてはならない。

昂大は遠藤のニットをいよいよ肩から剝ぎとり、盛大に涙を拭《ふ》き、思いっきり鼻をかんだ。

「おまえふざけんなよ！」

「だってめっちゃカシミヤタッチで肌触りいいから」

「タッチじゃなくて、マジもんのカシミヤだ」

「え、ごめん。洗って返す」

「いらねえよ！」

「えんちゃんこわーい」

いつも通りの軽口の応酬ができたことに安堵しながら、胸の中を冷たい風が吹き抜けた。

遠藤が店を辞めて故郷に帰ってしまったら、おそらくもう一生会うことはないだろう。今だって、職場以外で会うことはなく、遠藤の自宅すら知らないのだ。


遠藤の最終出勤日、店を閉めた後に、近くの居酒屋で送別会が行われた。

遠藤は自分が主役の日でさえ、愛想をよくすることもなく、通常営業の仏頂面《ぶっちょうづら》だった。

いつもなら酔った安西の相手に終始する昂大だが、その日は誰より先にべろべろに酔っ払い、「飲みすぎだぞ」と安西に気遣われる始末だった。

遠藤が店を辞めることを知った日から、昂大は言いようのない虚無感と淋しさを抱えていた。

もう会えない。

そんな理不尽なことがあっていいのだろうか。

遠藤を慕う後輩たちが、次々に昂大の右隣の遠藤のところに来て、声をかけたり、一緒に自撮りしたりしていた。

考えてみれば、昂大は遠藤と一緒に写真を撮ったことがなかった。

「俺とも撮れよ」

酒の勢いを借りて、昂大は遠藤の方に身体を寄せ、自分のスマホでツーショットを自撮りした。

思いっきり作り笑顔の昂大と、仏頂面の遠藤が、画面に切り取られる。

「俺のプライスレスな笑顔、餞別《せんべつ》に送っとくね」

撮ったばかりの写真をラインで送り付けると、遠藤は自分のスマホを見て鼻に皺《しわ》を寄せた。

「こんな不細工な餞別いらねえ」

「ホント最後まで失礼だな。あ、そうだ、この間のセーター、クリーニングから戻ってきたから送るね。住所、教えて」

「いらねえって言っただろ」

あわよくば実家の所在地を聞き出せるかと思ったが、あえなく失敗に終わった。

確かに鼻をかんだのは悪かったが、新品同様にきれいになっている。

逆の立場だったら、遠藤の涙と鼻水がしみこんだ状態で永久保存したいが、遠藤はシミひとつなくクリーニングした状態でも嫌だという。いや、それが普通の反応なのかもしれないが。

酔いが回った昂大は、どうせもう二度と会えないであろう片想いの相手の前で、プツッと切れた。

「じゃあ遠慮なくいただきます。毎日着倒して、えんちゃんのぬくもりに包まれまくってやるからな！」

昂大が両腕で自分の身体を抱いて包まれ感を表現し、しなをつくって身悶《みもだ》えてみせると、後輩たちが面白がって「増井《ますい》さん、キュートです」「腰つきがただもんじゃないっすね」などと囃《はや》し立《た》てた。

美容師としての技術と、裏表のないクールな人柄で、後輩たちの尊敬を集める遠藤に対して、昂大は当たりのやわらかいムードメーカーとして、上からも下からも慕われていた。リクエストに応えてさらに様々なポーズをとってみせる昂大を、後輩たちが「かわいい」と「もっと」と煽《あお》る。

そんな後輩に一瞥《いちべつ》をくれ、遠藤は「かわいいとか言ってんじゃねえよ」と不機嫌そうに吐き捨てた。遠藤から見たら冗談でもかわいいなどと言えないのはわかっているし、遠藤が場の空気に馴染《なじ》まないのもいつものこと。

しかしなぜか笑って流せなかった。

昂大は遠藤の両頬を、両手でパチンと挟み込んだ。

「せっかく後輩たちが雰囲気盛り上げてくれてるんだから、少しはのれよ。なんでえんちゃんっていつもいつもそうやって空気読まずに素っ気ないんだよ！」

常にない剣幕でガミガミ言いだした昂大に、遠藤はちょっと驚いたように重たげな二重の瞳を見開いた。

「なに絡んでるんだよ。飲みすぎか？」

「えんちゃんさ、いくらイケメンだって、腕が良くたって、そんな無愛想で感じ悪くしてたら、サロンの経営なんか無理だよ？」

逆隣の安西が、「おい、どうした急に」と驚いたように割って入ってきた。

こういう絡み方をするのはいつも安西の役割なのに、立場が逆転していた。

しかも、昂大の難癖は、完全に酔っ払いのたわごとだった。

「落ち着けよ」と宥める安西の手を振り払い、代わりに安西のジョッキを奪い取ってビールを一気に飲み干すと、遠藤に向き直った。

「えんちゃんがこの店で好き勝手やれたのは、大事なことは全部店長や八代さんがフォローしてくれたからだろ！　経営者になったら、なんでもかんでも『うぜえ』とか言ってたら仕事が回らないんだからな！」

まるで他人事のように自分の声を聞きながら、こいつはなにを言っているのかと呆れた。昂大こそ経営者の心得を語れるような立場ではなかったし、遠藤がうざいなどと言うのは昂大限定で、仕事中に上司や客に向かってそんなことを言いはしない。

「増井も案外いいこと言うじゃん。だけどまあ、酔っぱらいすぎだから、ひとまず座れよ。な？」

窘める安西にかぶりを振ってみせ、遠藤に向き直る。

「おまえが後輩に慕われてるのだって、安西さんっていうヒールあってのことなんだからな！」

「おい、誰がヒールだ！」

安西のツッコミに、みんなが噴き出した。

もはや、自分がしゃべっているというより、しゃべっている自分をなすすべもなく俯瞰《ふかん》しているような感覚に陥る。

みんなからは、酔った昂大がふざけて遠藤に絡んでいる愉快な茶番に見えているのだろう。

実際、そんなようなものだ。今夜で永遠の別れの同期に、昂大はただ支離滅裂に絡むくらいしか、感情をぶつけるすべがなかった。

「ここで人気スタイリストだったからって、地元でも成功できるとか思うなよ？　田舎の保守的なおばちゃんを敵に回したら終わりなんだからな」

もう全方位に失礼なことを言っていると思ったが、口が勝手に動いてしまう。

「じゃあ、増井の経営論聞かせてよ」

遠藤がいつもの見下したような視線を送ってくる。この目で見られるのも今夜限りかと思うと、切ないような悔しいような複雑な気持ちになった。

「俺の経営論は、たとえば客が鼻をかんだタオルも洗って再利用するとか」

「……意味不明だな」

まったくその通りだ。

「えんちゃんのことをよくわかってて、毒舌無愛想を天使の笑顔でフォローしまくって、経営接客すべてを手助けしてくれる、有能な熟練スタッフを雇うとか」

「そんな都合のいい人材がいるかよ」

「いるじゃん、ここに」

昂大が自分を指さすと、またスタッフたちが笑った。毎度繰り広げられる、同期コンビの漫才だ、と。

昂大も、さすがに一緒になって笑った。ホント、俺ってば何を言っているのだろう、と。

みんなの笑いがひとしきりおさまったとき、遠藤が抑揚のない声で言った。

「じゃあ、来れば？」

昴大は、一瞬、何を言われたのかわからなくて、「は？」と間抜け面をさらした。

「見せてよ、その手腕」

夢でも見ているのかと思った。

「え、マジで？」

「そこまで懇願するなら雇ってやってもいいわ」

「ちょっと待ってよ。ここはえんちゃんが手伝ってくれってお願いする場面だからね？」

「時給五百円でお願いします」

「こちらこそよろ……って最低賃金を大幅に下回ってるっつの！　どんなブラックだよ。労働基準局に駆け込むからな」

昴大のノリツッコミに、みんな大爆笑する。

なんだよ、冗談かよ。いや、冗談なのは最初からわかっていたけれど。

昴大は遠藤のハイボールも一気飲みして、遠藤との最後になるはずの夜にすっかり酔いつぶれて意識を飛ばしたのだった。

翌日はひどい頭痛を薬で抑え込んで仕事をした。

職場に遠藤の姿はなかったが、これまでだってシフトの関係で遠藤がいない日は普通にあったので、遠藤が本当にここから去ってしまったという実感が持てなかった。

きっと、こういう日を何日も繰り返すうちに、だんだん遠藤がいない状態が普通になっていくんだろうなと思った。

その日の仕事終わり、帰り支度をしていると、八代が声をかけてきた。小柄だがしっかり者で、いつも明るくスタッフみんなに気を配る八代は、男性ながらスタッフたちの母親のような存在だった。本人にそれを言うと怒られるのだが。

「あのさ、昨日の件だけど」

「昨日？」

「転職の件」

「あ、時給五百円の？」

「そうそう。店のスタッフ補強の都合もあるから、一か月ほど猶予を貰《もら》えるかな」

「わかりました……って時給五百円の職場は無理ですからっ」

得意のノリツッコミは、まだ頭痛が残っているせいで、いまひとつキレがなかった。

八代は笑ってかぶりを振った。

「いや、冗談じゃなくて、真面目な話」

「真面目な話、時給五百円は無理です」

「時給五百円はえんちゃんの冗談だよ。行ってやりなよ、えんちゃんの助《すけ》っ人《と》」

真顔で思いもよらないことを言われて驚いた。

「八代さん、頭大丈夫ですか？」

「失礼だな。どういう意味だよ」

「あんな冗談真に受けて、この一流サロンでの地位を棒に振れるわけないでしょう」

「それ、本心？」

含むところありげな表情で問われて、昂大は一瞬言葉を失った。

「……ていうか逆に、えんちゃんのあれが本心だったと思いますか？」

「うーん、どうかなぁ」

「でしょ？」

「でも、チャンスなんじゃない？　別にどう思われたっていいじゃん。真に受けたふりして、押しかけちゃえばさ」

奇矯《ききょう》なことを言いだす八代を、昂大は怪訝《けげん》な目で見つめた。

「どういう意味ですか？」

「だって好きでしょう、えんちゃんのこと」

一瞬、時間が止まった気がした。

「ええと……まあ、同期ですしね」

どうとでも取れる曖昧《あいまい》な言い方でお茶を濁しつつ、昂大は二日酔いの残る頭をフル稼働させた。

もしかして本当にバレてる？

八代さんにバレているということは、スタッフ全員に気付かれていて、最悪、遠藤本人にも気付かれている？　それで邪険に扱われていたのか？

「多分、気付いているのは僕だけだと思う」

徐々に青ざめていく昂大を見兼ねたのか、八代がやわらかい声で言った。

「それは……さすがお母さん」

「お母さんやめろ！」

八代は笑いながら昂大の尻に蹴りを入れてきた。

昂大は開き直って弱々しく笑った。

「まあ別に、本人にさえバレてなきゃ、誰にバレててもいいんですけど」

母とは疎遠、父は鬼籍の人。自分の性指向のことで、誰かを困らせたり悩ませたりする心配もない、身軽な立場だ。

「本人はダメなの？」

「ダメに決まってるじゃないですかっ！　バレたら切腹ものです」

「切腹って」

八代は「わからなくもないけど」と苦笑した。

「バラすかバラさないかは、まあ増井が決めることだけど、ノリに乗じてサクッと追いかけていくのはありだと思うよ」

「……Uターンするやいなや地元の幼馴染みと結婚とかいうパターンだったら、俺、立ち直れないんですけど」

「いや、そういう予定はないって。だからまだチャンスあるよ」

ほっとすると同時に寂寥《せきりょう》感《かん》を覚える。

「八代さんが知ってるそういう情報、俺は一切聞いてないんですよ？　なにも教えてもらえない、友達ですらない関係で、チャンスとか言えるほど、ポジティブになれませんよ。それに、自分で言うのもアレですけど、えんちゃんが辞めたうえに、俺まで抜けたら、少なからずお店に影響でるんじゃないでしょうか」

「うん、それはある。だから一か月待ってって話」

「……一か月でどうにかなる話なんですか？」

「なるんだよ、それが。えんちゃんも増井も、有能で大事なスタッフだったけど、替えがきかないってわけじゃない」

「お母さん……冷たい」

「だからお母さんやめろって。こう言っちゃアレだけど、この世に絶対に替えのきかない人間なんていないよ。僕だって、店長だって、なんなら抱かれたい男ナンバーワンのイケメン俳優だって、総理大臣や大統領だって、替えはきくんだよ」

八代は、シャツの胸ポケットから名刺を取り出した。

バラの花がぐるりと囲んだ、女性的な名刺で『美容室シトロン』というロゴの横に、遠藤の故郷の街と思われる住所が印刷されていた。

「お母さんの名刺。店は改装するらしいけど、店名はこのままで一か月後にオープン予定だって」

「……この名刺、えんちゃんが俺にって？　それとも八代さんが貰ったものですか？」

「僕の答えによって、行動が変わる？」

「……それは」

「直接、えんちゃんに聞いてごらんよ」

そう言って、八代は昴大の背中をぴしゃっと叩いた。

「必要とされる場所じゃなくて、自分が必要だと思う場所を選択できるのは、若者の特権だってお母さんは思うわよ？」

冗談めかした八代の言葉は、昂大の胸にすっとしみこんだ。


数日、眠れないほど悩んだ末に、昂大は遠藤にラインを送った。

『えんちゃんが心配だから、仕事を手伝ってやれって八代さんに言われたんだけど、時給五百円だったらマジで無理です』

本人の許可を得たうえで八代をダシに使わせてもらい、しかも冗談めかしたトーンで様子を窺《うかが》う。

ぞんざいにはねのけられるのは想像に難《かた》くなかったから、ありとあらゆる流れを想定して、返信のパターンもシミュレーション済みだった。

しかし、返ってきたメッセージは意外なものだった。

『いまさら無理とか言われても無理。おまえのアパート、もう不動産屋に仮契約してあるし』

「……は？」

意味がわからず、数十回メッセージを読み返してから、電話をかけた。

面倒そうな声で電話に出た遠藤は、「送別会のとき、おまえが売り込んできたんだろ」と淡々と言った。

「それに、八代さんからも電話貰った。増井が安西さんとの人間関係で病みかけてるから、しばらくそっちで預かってくれって」

昂大はそんなことで病むほど真面目な性格ではないし、ああ見えて安西は意外に憎めない先輩だし……などという事実はともかく、八代のグッジョブに驚きと感謝を禁じ得なかった。

これまでの人生、昂大は堅実に地に足の着いた生活を送ってきた。手に職をつけ、人との輪を大切にして、マイナーな性指向のことは表立って口にせず、可能な限り波風を立てないように穏やかなルートを歩いてきた。

片想いの相手を追って、見知らぬ土地に移り住むというのは、昂大にとってはいわゆる清水《きよみず》の舞台から飛び降りる的な大冒険だった。

でも、生まれて初めて冒険をしてみたいと思った。

遠藤との相思相愛など、微塵の望みも抱いていなかった。そんなこと、想像するのもいたたまれないし、遠藤の立場になって考えると気持ち悪いと思った。

ただ、少しでも長く、少しでも近くにいられるチャンスがあるなら、それを逃したくないとも思った。

無謀な決断かもしれない。一か月ももたずに、喧嘩《けんか》別《わか》れするかもしれない。
それでもいい。養うべき家族がいるわけでもない。失うものはなにもなかった。
そうして人生で初めての冒険に飛び込んだのが、一年前のことだった。

3

遠藤《えんどう》は、客から話を振られない限り雑談はしない。若い客は遠藤のそういうクールさに憧《あこが》れを抱くようだ。ルックスと技術だけで客を満足させられるところは美容師の鑑《かがみ》だなと昂大《こうだい》はいつも感心している。

昂大はまったく逆のタイプだ。話をしながら客の好みを把握して施術に活かしたいし、様々な年代の客と会話をすること自体が楽しい。

もちろん、客の希望が最優先で、そのあたりはきちんと空気を読むようにしているが、類は友を呼ぶというのか、昂大の顧客はおしゃべり好きが多い。

「あの隣の奥さんが犯人だと思ってたけど、殺されちゃったじゃない？　いったい真犯人は誰なのかしらね？」

「ですよね！　僕もあの目つきの悪い奥さんを疑ってたんです。でも、コンビニの店長も怪しくないですか？」

「え、あの薄毛の茹《ゆ》で卵《たまご》みたいな人?」

「茹で卵! 駒井《こまい》様、比喩の天才ですか?」

ブロー仕上げをしながら、今日も連続ドラマの話で大いに盛り上がる。昂大は、主だった連ドラはだいたい網羅している。元々ドラマ好きだが、遠藤以外知り合いがいないこの街に越してきてから、ますますよく観るようになった。

サスペンスドラマの犯人当てに興じる昂大たちの横で、遠藤は今日も若い女性客の髪を黙々と絶妙なカットで仕上げていた。

遠藤は自分のことをどう思っているのだろうかと、こんなふとした瞬間に考えることがある。どう、というのは、恋愛的な意味合いではもちろんない。

真逆の性格の自分を店に置いて、こうして働いていることに、ストレスはないのだろうか?

遠藤のような寡黙な天才肌からしたら、自分みたいなおしゃべり野郎は鼻につく存在ではないのか。

しかし、なんでもズバズバ言う遠藤が、東京に帰れとは言いださないのだから、さしたる不満もないのだろうか。

いや、それとも匂わされているのに、昂大の察しが悪すぎて気付いていないだけなのか。

アシスタントの若いスタッフは、遠藤の塩対応に恐れをなしてか、一年ですでに三人辞めているから、やっぱり自分は鈍感なのかもしれない。

メンタルの問題だけではなく、皮膚炎やアレルギーの発症も、この業界のスタッフ定着率の低さの一因だ。シャンプーやカラーリングの際には手袋の着用を指導しているが、ゴム手袋の素材でアレルギーを発症するスタッフもいる。

昂大は、丈夫な皮膚に生んでもらったことと、不仲によってメンタルを鍛えてくれたことに関して、両親に感謝すべきだなと内心苦笑いした。

ふいと入り口のドアベルが鳴って、常連客が顔を覗かせた。遠藤の母親の代からの常連だが、予約は確か明日のはずだ。

年配の女性客は、「ボケて日を間違えたわけじゃないのよ」と笑って言い訳してから、レジカウンターの前の床に大きなレジ袋を下ろした。

「うちで穫《と》れた大根とごぼう、よかったら二人で分けて食べてちょうだいね」

こっちに来て昂大が驚いたのは、こうした客からの差し入れがよくあることだった。施術のついでにバレンタインの差し入れくらいは前のサロンでもあったが、品目も頻度も全然違う。

遠藤は「すみません」と淡々と言って、軽く会釈した。

昂大は手を止め担当客にひとこと断ってから、カウンターの前までお礼を言いに行った。

「いつもありがとうございます！　うわぁ、すごい立派な大根ですね！　葉っぱも青々してて」

「無農薬だから、葉っぱの先まで使えるわよ。菜飯にしたりね」

「菜飯？」

「あら、知らない？　大根の葉をさっと茹でてね、細かく刻んでお塩を……」

「あ、ちょっと待ってください」

昂大はカウンターに置いてあるメモとペンをとって、作り方を書きとった。

「ありがとうございます。早速作ってみます！」

「そんなふうに言ってもらえると、張り合いがあるわ。増井《ますい》くんってホントにいい子ね。なんだか進《しん》ちゃんの奥さんみたい」

「そうですか？　いつも主人がお世話になりますぅ……って、いやいや、奥さんは勘弁してください」

得意のノリツッコミで笑いにもっていく。

「増井くんが女の子だったら、本当にお似合いだし、留美《るみ》さんもさぞや喜んだでしょうにねぇ」

留美さんというのは、遠藤の母親のことだ。

角が立たず、ふざけすぎない程度の適当な返しをしようと昂大が口を開きかけたが、遠藤の方が早かった。

「やめてください、そういうの」

不機嫌そうに言い放つ。一瞬、場がしんとなった。

昂大はすぐに笑って、フォローした。

「そこまで毛嫌いしなくてもいいじゃないですか、店長」

芝居がかって拗《す》ねたように言ってみせると、客からくすっと笑いが起こる。

「残念ながら、僕は彼女がいるので、店長に懇願されても奥さんにはなれないんです」

「あらまあ、増井くん、おつきあいしてる人がいるの？」

「遠距離でなかなか会えないんですけど」

昂大は苦笑いを浮かべて、思い入れたっぷりに伝えてみせた。

彼女がいるという設定は、この店で働き始めた時からずっと使っているし、遠藤も知っている。

昂大が最も恐れているのは、遠藤に恋心が露呈することだった。

それを阻止するために一番いい手段は、交際相手がいると宣言することだ。遠藤の前でも彼女とのラインにニヤつくふりをしてみせたり、休日は彼女と会うために東京に戻ったりという念の入れようだった。実際のところ、相手は友人や八代《やしろ》なのだが。

遠藤とつきあいたいという気持ちは微塵《みじん》も抱いていない昂大だが、今のようにあからさまに不愉快を表明されると、ちょっとへこむ。客にも、できればそういう冗談はやめてほしいなと思っている。それでも、からかわれればサービス精神旺盛に乗ってしまうのが昂大の性格で、だから相手も気楽にからかってくるのだろう。

差し入れの常連客を見送って、担当客の元に戻る。

仕上げの続きをしながら、隣のカット台でボブの襟足にランダムにハサミを入れる遠藤の手元に、つい目がいく。

美容師としてのキャリアはまったく同じなのに、遠藤のカット技術にはどうしても追いつけない。専門学校で学び、同じ店で修業を積み、今だってそれぞれに講習会に参加したりもして腕に磨きをかけているけれど、あるレベルより上にいくには、やはり才能がものをいう。

イメージを形にする勘どころ、そもそものイメージを作り出すセンスは、習うだけでは身につかない。

遠藤のカットを見ていると惚れ惚れする。こうして朝から晩まで同じフロアで働けて、一日中遠藤の施術を間近に見ていられるのは、色恋なんかよりよっぽど幸せなことだと思う。

予約なしのパーマが入ったせいで、今日も仕事が終わったのはそこそこ遅い時間だった。

「えんちゃん、今夜も『金木犀《きんもくせい》』?」

便乗させてもらおうかなと声をかけると「いや」と遠藤は素っ気なく言った。

「実家で食うことになってる」

遠藤は一人暮らしだが、週に何度か父親と一緒に食事をしている。

昂大は時計に目をやった。

「だったら、早く帰ってあげなよ。あとは俺が片付けて、施錠確認して帰るから」

遠藤が無表情に視線を向けてきた。

「おまえも来る？」

珍しい誘いを、昂大は速攻で断った。

「親子水入らずを邪魔するのも悪いし、遠慮しておく」

「すずんとこなら、行く気満々だったのに？」

「いや、そういうわけじゃ……」

「ジジイの作った飯は食いたくないらしいって、伝えておくわ」

「やめろー！　そうじゃなくてさ、お店と違って、こんな時間に突然一人増えても困るだろ。それに、明日、野村《のむら》さんが来たときに菜飯の感想を伝えたいから、帰って作ってみないと」

「食いたくなくて、さかんに言い訳してたって、言っておく」

「だからやめろって！　またの機会にぜひってお伝えして！　変なこと言うなよ絶対！」

昂大の必死さに、遠藤の口元にかすかに笑みが浮かぶ。遠藤の貴重な笑顔に胸が高鳴ったが、何事ともなかったようなそぶりで、大根を一本袋から引き抜いた。

「そんなわけで、これ、一本いただきます」

「一本とか言わず、半分持っていけよ」

「いや、一本ですら男の一人暮らしには過剰だから」

「俺も親父《おやじ》も一人暮らしだ」

正論を返しつつ、遠藤は重そうなレジ袋を抱えて、帰っていった。

昴大は洗濯乾燥機からタオルを取り出して畳んで棚にしまうと、明かりを落として施錠をして店を出た。

内陸の街は、東京よりも冬の冷え込みが強い気がする。

大根を小脇に抱えてポケットに手を入れ、白い息を吐きながら小走りにアパートに帰る。

1DKの部屋は、都内で借りていたワンルームの倍の広さがありながら、家賃は半分以下で、地方の街のありがたみを感じる。

メモとレシピサイトの二本立てで大根葉を調理し、出来上がった菜飯の元をチンした冷凍ごはんに混ぜ込む。大根本体の方は味噌汁《みそしる》にした。スーパーの大根と違って、あっという間にやわらかくなって驚いた。

いつものように録り溜めておいた連ドラを観ながら、一人で「いただきます」と手を合わせる。

「うわ、うまい」

思わず声が出た。

料理はあまり得意ではなく、前の住まいは使い勝手の悪い簡易キッチンだったこともあり、外食とコンビニがほとんどだった。こちらに来てからは食材の貰《もら》い物《もの》が多いので、簡単なものなら作るようになった。

大根の煮つけくらい具が多い味噌汁を啜《すす》りながら、ふと、今頃、遠藤は父親と食事をしているのだろうかと思いを巡らせた。

遠藤の父親には、こちらに引っ越してきてすぐに挨拶させてもらったが、遠藤とは真逆の、どちらかといえば昂大に近いタイプの社交的な明るい人だった。美容師だった母親も社交的なタイプだったらしいから、遠藤は突然変異とでもいうのだろうか。

『知らない土地にやってきて、心細いでしょう。父親代わりと思って、なんでも頼ってくださいね』

初対面のときにやさしい笑顔でそう言ってくれた父親は、その後も遠藤経由でよく食事に誘ってくれる。昂大は何かと理由をつけて、残念がりながらそのほとんどを断っている。

遠藤の父には、初対面から好感を抱いており、できればすべての誘いに応じたい。だが、遠藤への恋心が、昂大をうしろめたい気持ちにさせた。

普段はそこまでネガティブな感情に囚われているわけではない。ただ一方的に好意を抱いているだけで、どうにかなろうなんて一ミリも思っていないのだから、うしろめたさを感じる必要などないと思っている。

しかし父親を前にすると、息子への恋心を隠し持っている自分が、ひどく邪悪な人間に思えて、申し訳なくなってしまう。

もういっそのこと、遠藤がさっさと結婚して、子供でも作ってくれたら、逆に気楽に会えるような気もしたりする。多分こんな心理は説明しても誰にもわかってもらえないだろう。


翌日の仕事終わり、一緒に店を出たところで、「さっさと乗れよ」と遠藤が車に顎《あご》をしゃくった。

普段は店の前で別れて、昂大は徒歩で自分のアパートに帰るのだが、あまりの寒さに、柄にもない親切心を発揮してくれたのだろうか。

「サンキュー」

喜んで乗せてもらったはいいが、車は昂大のアパートとは逆方向に向かって走りだした。

「え？　どこ行くの？」

「昨日の大根とごぼうを料理したから、増井を連れてこいって、親父が」

昨夜、遠藤の父親へのうしろめたさを改めて噛みしめたところだったので、昂大はぎょっとなった。

「待って待って！　申し訳ないけど、今日は用事が……」

「すんなり乗り込んでおいて、用事ってなんだよ」

「いや、てっきり家に送ってくれるのかと思って」

「何様？」

「いや、あの……」

「用事があるなら、親父に直接言えば」

「わざわざ家まで行って、用事があるので……って、むしろ失礼だしおかしいだろ」

「知らねえよ。おまえと親父の問題だろ」

「ちょっと待ってよ。えんちゃん、それ嫁姑問題《よめしゅうとめもんだい》において一番ダメな夫タイプだから」

「嫁気取りかよ」

「いやいや、そうじゃなくて……」

帰宅ラッシュをとうに過ぎた夜の田舎道は空いていて、あっという間に遠藤の実家に着いてしまった。

古い住宅街にあるこぢんまりとした実家は、インターホンを押すまでもなく玄関の鍵が開いていて、さっさとドアを開けて入っていく遠藤を追いかけてたたきに一歩踏み込んだところで、遠藤の父親が出てきた。

遠藤の長身は父親譲りなのだろう。いまどきの五十代は全体的に若々しいが、遠藤の父親は痩《そう》躯《く》の長身で余計に若く見える。白髪《しらが》交《ま》じりの頭髪もなかなかにダンディだ。

遠藤と決定的に違うのは、メガネの奥の人懐《ひとなつ》こい笑みだ。くしゃっとした笑顔がとにかくチャーミングな人なのだ。

「増井くん、ようこそ。あがってあがって」

「増井は用事があるんだって」

オブラートに包むということを一切しない遠藤に、昴大はあわあわとなる。

「いやいや、用事なんて大したことないんです。お父さんの手料理をご馳走になりたくてはせ参じました！」

自分のこういう変わり身の早さを、遠藤は軽蔑しているんだろうなと想像する。

「え、本当に？　用事は大丈夫？」

恋心へのうしろめたささえ別にすれば、昴大は遠藤の父親の人柄が大好きで、本心を言えば毎日でも会いたいくらいなので、嘘の言い訳で誘いを逃れようとしたなどとは思われたくなかった。

「用事っていうか、彼女に電話することになってたんですけど、帰ってからで大丈夫なので」

多分、本当につきあっている相手がいたら、昴大はわざわざこんなことを言うタイプの人間ではない。あえて「彼女」などと口にするのは、自分にも相手にも、わかりやすい予防線を張るためだった。遠藤はあくまで友人にすぎないのだと。

遠藤は昴大のことを友人とすら思っていないかもしれないが。

「それは大事な用事じゃないか。よかったらそっちの部屋で心ゆくまでしゃべっておいで」

「いえいえ、本当に大丈夫です！　それよりお腹空《なか》いちゃって。お誘い、本当にありがたいです」

男の一人暮らしなのに、家の中はきちんと片付いている。以前聞いた話によると、役場勤務の父親よりも、母親の方が多忙だったため、家事のメインを担当していたのは昔から父親だったという。

テーブルの上には、ごぼうの入ったぶり大根と、透明な出汁《だし》につかったふろふき大根の鍋が二つ並んでいた。

「大根のフルコースになっちゃったけど」

「うわぁ、おいしそうですね！」

「ビールと日本酒、どっちがいい？」

「あ、いいえ、えんちゃんが飲まないのに、僕だけ飲むのは申し訳ないので」

「なんで俺は飲まない前提？」

「だって、送ってもらわないと」

「送る前提とか図々しいな」

「え、歩いて帰れって？」

二人のやりとりに、父親が噴き出す。

「きみたち、相変わらず漫才コンビみたいだね」

楽しげに笑いながら、父親は昴大の前にグラスを置いて、有無を言わせずビールを注いだ。

まあ歩けない距離ではないし、ほろ酔いであたたまって帰ればちょうどいいか、と昴大はありがたくビールをご馳走になった。

父親の手料理はどれもおいしかった。

「ぶり大根、味がしみててすごくおいしいです。ごぼうがまた、すごく合いますね」

「これね、ごぼうを入れるのは家内のアイデアでね。ふろふき大根の味噌も、家内はうんと甘めにするのが好きで」

上機嫌にあれこれ説明しながら、父親はふと我に返った顔になる。

「ごめんごめん。つい女房の話ばっかりして、進太郎《しんたろう》にも呆れられるんだけどね」

「いいえ。素敵なお話です。僕の家は両親が不仲だったので、微笑ましくて憧れます」

「うちも家内が元気な頃は、喧嘩ばっかりしてたけど、いなくなると淋しいものだね。まあこんな無愛想な息子でも、帰ってきてくれてありがたいよ」

当の無愛想な息子は、一人黙々と食事をしている。

「こう見えて、やさしいところもあるんだよ。九年前に家内の病気がわかって、仕事を続けられるかどうかって話が出たら、通っていた大学をやめて、専門学校に入り直したりね」

「え、そんないきさつがあったんですか?」

「勝手に美談にするなよ。大学に通う意義を見出せなくなっただけだ」

「家内は、せっかく入った大学なのにもったいないって口では文句を言ってたけど、陰では喜んでたよ」

父親はなにか面白いことを思い出した顔で、昴大の方に身を乗り出してきた。

「去年、進太郎が急に戻って店を継ぐって言いだしたときには、てっきり嫁さんでも連れてくるのかと思って、親戚に触れ回っちゃったよ」

「すみません、ついてきたのがむさくるしい野郎で」

「いやいや、増井くんみたいないい子が来てくれて、ありがたいよ。だいたい進太郎に彼女ができるなんて幻想だしね」

「幻想?」

「モテないでしょう、うちの息子」

昴大は大根を咀嚼《そしゃく》しながら、激しく首を横に振った。

「まさか！　こんなイケメンがモテないはずないじゃないですか！　前のお店でも指名がすごかったですし、雑誌の取材とか、果ては芸能事務所のスカウトまで、とにかくモテまくってましたよ」

「いや、顔のパーツの配置の話じゃなくて、人柄の話。子供の頃から泣かせた女の子は数知れずで……あ、武勇伝じゃなくて、物理的な意味でね。愛想がないし、つっけんどんだから、好意を寄せてくれる女の子を素っ気ない態度であしらってさ。家内もハラハラしてたよ」

「あー、想像つきます」

つい同意してしまってから、本人にならともかく、親の前で失礼だったかと、慌てて付け加える。

「でも、気を持たせるより、はっきり態度で示す方が、結果的には親切だと思います」

実際、昴大だって、遠藤のそういうところに救われている。もしかして可能性があるのでは？と思わせてくる相手だったら、心乱れてそばにはいられなかったと思う。遠藤が自分を好きになる可能性は百二十パーセントないとわかるから、こうしてここにいられるのだ。

そんなふうに考えて、自分のドMぶりがおかしくなる。

「この性格じゃ、この先も一人かもしれないなぁ。結婚どころか、店のスタッフすらいつかないんだから」

「定着率の低い業界ですから、仕方ないです」

「やさしいね、増井くんは。できれば彼女をこっちに呼び寄せて、末長く進太郎を支えてやってよ」

「うるさい。勝手に人の話してんじゃねえよ」

遠藤が仏頂面《ぶっちょうづら》で言う。

「えんちゃん、お父さんにうるさいはないだろ」

「他人事《ひとごと》じゃなくておまえもうるさいし、えんちゃんって呼ぶな」

「すみません、店長」

「……うぜえ」

昂大は父親と目を見交わして、困ったねという顔で微笑み合った。

意味は違えど、二人とも遠藤を大切に思っているからこその、やれやれという親密な笑み。

なんだか愉快で、心がふんわりあたたかくなって、そしてちょっと切なくもなった。

ずっとこの家族の輪の中にいられたらいいのに。

もちろん、それが夢物語なのは百も承知だけれど。

帰り際、父親は鍋の残りをタッパーに詰めて渡してくれた。

「手ぶらで来ちゃったのに、お土産までいただいて申し訳ないです」

「増井くんが来てくれることが嬉しいんだから。週に一度くらい寄ってよ」

「ありがとうございます！」

「本音を言えよ。うぜえって」

一緒に玄関に向かいながら、またひどいことを言ってくる遠藤を、昴大は漫才のツッコミのように手の甲でピシッと叩いた。

「えんちゃんと一緒にしないで」

「本当だよ。なんなら進太郎抜きで、増井くんだけ寄ってくれたっていいんだよ」

「ホントですか？　じゃあ今度、ふらっと遊びに来ちゃおうかな」

愛想よく調子を合わせながら、胸の中は自己嫌悪でどんよりする。こんなことを言いながらも、またきっと次の誘いのときには口実をこじつけて断るくせに。遠藤だって、きっとそれを察していて、裏表のある昴大の性格を軽蔑しているだろう。

あたたかい家の中から一歩外に出ると、乾いた冬の夜の空気が尚更ピリピリと冷たく感じた。

遠藤の実家から昴大のアパートまでは、歩くと三、四十分かかる。身体の芯まで冷えそうだが、逆に歩いているうちにあたたまってくるかも……などと考えながら星空を見あげていると、ピッ、と遠藤の車のキーが開錠される音がした。

昂大は驚いて振り向いた。

「実家に泊まるんじゃないのか？」

「なんでだよ」

「だって飲酒運転」

「飲んでねえよ」

「あれ、そうだった？」

食事の前のやりとりで、てっきり遠藤も飲んだと思っていたが、そういえば食事中に冷蔵庫に炭酸水を取りに行っていたなと、運転席のドアを開く後ろ姿を眺めながら思い出す。

「おまえは歩きたいなら歩けば？」

ぼさっと突っ立っている昂大を振り返って、遠藤が冷ややかに言う。

「いや待てって。そこは乗れよって誘ってくれるところだろ」

昂大はさっさと助手席に乗り込んだ。

遠藤は無言で車を発進させる。

初冬の空気は澄み渡って、フロントガラスごしでも星がいくつか見えた。

たとえば数年後、数十年後。こんななにげない夜のことも、きっと美しく忘れがたい思い出になっているのだろうなと思う。

その時、自分はどこで、この夜のことを思い出しているのだろう。愛想のかけらもない遠藤の横顔と、空に瞬《またた》く星と、タッパーから洩れるぶり大根の匂いと。

急にセンチメンタルな感情にとらわれた自分に困惑して、昂大はそれを振り払い、陽気な声で言った。

「人の性格ってさ、遺伝とか、育った環境とかの影響が大きいって思ってたけど、えんちゃんの場合、全然違うよね」

「親父をディスってるのかよ」

「なんでそうなるんだよ。むしろ、えんちゃんがどうなんだって話」

昂大は笑いながら、脚を組み替えた。

「あんなに明るくてあったかくて楽しいお父さんから、どうしてえんちゃんみたいな息子が生まれたんだろう」

「親父から生まれたわけじゃない」

「マジレスやめて？」

「おまえも息すんのやめろ。酒臭い」

「やめたら死ぬから」

いつも通りの会話を交わしながら、遠藤の父親の話を思い出す。

泣かせた女の子は数知れず。

まあ確かにそうだろう。遠藤の女性遍歴は知らないが、こんな態度をとられ続けたら、よほどの強心臓かドMでない限り、普通につきあえる女の子はいない気がする。

こういう男をツンデレと呼ぶのだろうか。いや、遠藤の場合デレは皆無だが。

「……ツンデレ属性でデレがない場合の呼称ってなんだろう」

ほろ酔いで思考がゆるみ、頭の中で考えただけのつもりが声に出ていた。

は？　と遠藤が怪訝《けげん》そうな声を出す。

「デレがないツンデレってなんだよ」

「いや、こっちが訊いてるんだけど。ちなみにえんちゃんのことだよ」

ちょうど赤信号で停車した車の中で、遠藤がデフォルトの不機嫌顔で昴大の方を見た。

「俺は常にデレっぱなしだ」

昴大は目を丸くし、それから盛大に噴き出した。

「なにそれ、おっかしぃ！　えんちゃんの冗談、初めて聞いたよ。今日は冗談記念日に制定しよう」

遠藤はまた「うぜえ」と呟いた。

夜空の星が、まるで笑うように瞬いた。

こんな楽しい時間が、永遠に続けばいいのにと思う。
でも続かないのはわかっているから、いっそ早くとどめを刺してほしいとも思う。

4

「ごめんね、こんな遅い時間に」

カット台の上で、すずは申し訳なさそうに肩を竦《すく》めた。

「とんでもない。こちらこそ、いつも閉店ギリギリに『金木犀《きんもくせい》』にお邪魔してるんだし」

昂大《こうだい》はすずの髪にカラー剤をのばしながら微笑んだ。

すずの仕事休みの日とシトロンの店休日がかぶってしまっているため、すずが来るのはいつも仕事が終わってからなのだが、今日はネイルサロンに飛び込みの客があったとのことで、夜の八時を過ぎていた。

シトロンは家庭も趣味もない独り者同士で営んでいるサロンなので、終わり時間もゆるっとしている。これが一般企業ならブラックと言われそうな長時間労働だが、昂大は仕事が好きだし、ましてや仕事の時間は遠藤《えんどう》と同じ空間にいられるから、残業は願ってもないことだ。

月いちでヘアカラーのリタッチに訪れるすずは、この一年ずっと昂大が担当している。

遠藤とつきあえる女の子はよほどの強心臓かドM、なんて失礼なことを考えてしまったが、すずは例外だ。幼馴染《おさなな じ》みだけあって、遠藤の塩対応にも一切ひるむことなく、ナチュラルに接している。

そんな気の置けない関係なのに、施術は遠藤ではなくて昂大を指名してくるところに、すずの乙女心が滲《にじ》み出《で》ている。意識している相手に髪を触られるのはなんとなく気恥ずかしいのだろう。遅かれ早かれ、この二人はくっつくに違いない。両家の親もそれを望んでいる。

当の遠藤は、カウンターの向こうのスツールに座って、パソコンをいじっている。カルテの整理をしているのか、一足先に仕事を切り上げてゲームでもしているのか、その無表情からは窺《うかが》い知《し》ることができなかった。

客とのコミュニケーションで苦労したことのない昂大だが、すずとはとりわけ馬が合う。すずも接客業のせいか話し上手だし、お互いとりたてて何という話題がなくても、いくらでもしゃべっていられる。

店の備品のファッション誌を眺めながら、すずはいたずらっぽい表情で鏡ごしに昂大を見つめてきた。

「ファッション誌の、こういう一週間の着回しコーデドラマみたいなページって、いろんな意味で楽しくない？」

「ああ、わかる。『今日は大事なプレゼンの日。辛口ジャケットでピリッと気持ちを引き締めて』みたいな」

「そうそう！　『仕事帰りに夫と待ち合わせして、久々のデート。上品肌見せでドキッとさせちゃう』とか」

「あるある、旦那さんとデート設定！」

「ね、ね。都会のカップルって、ホントにみんなこんなことしてるのかなぁ」

「みんなってことはないけど、前のサロンのお客様に、まさにそれを絵に描いたような奥様がいらしたな」

「そうなの？　実はちょっと憧《あこが》れるかも」

「わかる。こういうのって、読みながらツッコミを入れちゃうけど、心のどこかではちょっと憧れたりするよね」

「ねー。子供ができても、年齢を重ねても、二人の時間を大切にできるって素敵だなぁ」

「ってすずちゃんが言ってるよ？」

昂大はカウンターの遠藤に話を振った。遠藤目的で来店してくれているすずのために、さりげなく気を利《き》かせる。

遠藤は面倒そうにパソコンから視線を上げた。

「すずがなに？」

「進《しん》ちゃん、接客業のくせに、お客の話を聞かなすぎ」

かわいらしく頬を膨らませるすずに、遠藤が棒読みで返す。

「はいはい。なんのお話でしょう、お客様」

「ファッション誌の一週間コーデのページが、ツッコミどころありすぎって話」

「文句があるなら読むなって話」

にべもなく言って、遠藤はまたパソコンの画面に視線を戻してしまう。

「腹立つなぁ。あんな店長クビにしちゃいなよ、増井《ますい》くん」

「だよねぇ。残念ながらその権限はないので、妄想の中でチョキンと……」

ゴム手袋をはめた手でチョキを作って動かしてみせると、すずが鏡ごしに昂大の服に目を走らせ、コーデ特集ふうに言う。

「『今日は黒のパンツに黒のニットの小悪魔ふうスタイル。返り血も目立たないから、憎たらしい店長をチョキン』ってね？」

「すずちゃん、物騒！」

昂大は大笑いしながら、鏡の奥の遠藤をそっと見やる。

幼馴染み相手に、もう少し話すことはないのかと思うが、逆に気の置けない関係だからこそ会話がなくても成り立つのかもしれない。

そう考えると、やっぱりこれ以上ないくらい相性のいい二人だ。

遠藤に彼女ができるなら、昂大にとって一番ダメージが小さい相手はすずだろう。相手が誰でも勝ち目がゼロなのは重々承知だが、今から出会う誰かより、幼馴染みのすずの方が、何倍も気持ちよく祝福できるし諦《あきら》めがつく。

もういっそのこと、さっさとくっついてくれたらすっきりするのに。

「リンクコーデって、ありだと思う？　男の人は結構嫌がるイメージだけど」

熱心に雑誌を眺めながら、すずが訊ねてくる。夫婦デートのページに、お揃いの腕時計をした夫婦設定のモデルの写真が載っている。

カラー剤を塗り終えた髪をラップで覆いながら、昂大は返した。

「人によるかな。グレイヘアのご夫婦が、リンクコーデを披露してるインスタ知ってる？　あそこまで見事だと、素敵だと思う」

「あ、私もフォローしてるわ！　あんな夫婦、憧れるなぁ」

遠藤とすずのリンクコーデを想像する。とても似合う気がするが、遠藤はおそらくそういうことをしたがらないタイプだろうなと、鏡ごしの本人を眺めながら思う。

「増井くんって、視点が時々すごくフェミニンだよね」

すずに言われてドキッとする。視点という言葉が、自分の視線の先とごっちゃになって、なにかを見抜かれたのではと、一瞬うろたえる。自分の性指向をひた隠しにするつもりはないが、遠藤にあらぬ誤解を……いや誤解ではなく事実なのだが、とにかく知られたくない本心を悟られる危険があることは、何としてでも避けたい。

そのとき、カウンターからけたたましいメロディが流れだした。昂大のスマホの着信音だった。すずが来店する前の空き時間にスマホをいじって、その後電源をオフにするのを忘れていたようだ。

「わ、仕事中に申し訳ない」

客と雇用主双方に詫《わ》びて、遠藤の冷ややかな一瞥《いちべつ》を浴びながら、昂大はスマホを手に取った。

着信は八代《やしろ》からだった。電源を落としてあとでかけ直そうと思ったが、ふと、思い直す。

「ちょっと失礼します」

すずの髪にローラーボールをセットして、昂大は店の隅に移動して電話に出た。

「もしもし？」

『あ、増井、元気？　今大丈夫？』

「仕事中」

『わ、ごめんな？』

「いいけど」

『……ってか、なんでため口？』

「察して？」

『うーん、わかった』

「悪いな、またかけ直す」

『おう、よろしく』

「はいはい、俺も会いたいよ」

『は？　なに言ってんの？』

八代の声に被さるように電話を切った。あとで平謝りしなくては。

彼女持ちをアピールするための儀式は、折に触れて行っている。遠藤への恋心が決して露呈しないように。

「もしかして、遠距離恋愛中の彼女？」

だからすずが遠慮がちに訊ねてきたときには、よっしゃ！　と思った。ちゃんと設定が機能しているようだ。

昂大は鏡ごしに無言で微笑んで、その問いを肯定してみせた。

「もうお仕事終わってると思って電話くれたんでしょう？　ごめんね、私のせいで」

「とんでもない。俺が電源切り忘れたのがいけなかったんだ」

ローラーボールの角度を調節していると、すずが微妙な笑みを浮かべて言った。

「増井くんって、彼女にはあんなしゃべり方するんだね。意外」

「あんな?」

「なんかぞんざいっていうか、あしらってる感すごい」

昂大は自分の口調を振り返った。言われてみれば、芝居がかりすぎてキャラが完全にぶれていた。

「つきあいが長いから、お互い遠慮がなくなっちゃって」

作り笑いでこじつける。

「どれくらいつきあってるの?」

「んー、どれくらいだろ」

「それも思い出せないの? 記念日とか大事にするタイプだと思ってたのに。ねえ、進ちゃん?」

遠藤はまた面倒そうに顔をあげた。

「あ? なに?」

「だから、増井くんは彼女を大事にしそうなタイプに見えるのにね、って話」

「そう見せかけて、実は心がないやつだよ」

「えー」

「愛想のいいおしゃべり野郎には気をつけろって、すずの親父《おやじ》さんの口癖だろ」

「えんちゃん、ひどい！　俺のことそんなふうに思ってたのかよ」

「うん」

「即答すんな！」

遠藤と昂大のやりとりに、すずが爆笑する。

「ホント、面白いね、二人って」

「本気にしないでね、すずちゃん」

「増井くんがどうこうっていうわけじゃなくて、彼女との関係自体が、倦怠期ってこともあるよね」

昂大は「うーん」と曖昧《あいまい》な返事をしながら考え込む。彼女がいる設定を貫き通すなら、そんなことはない、ラブラブだとアピールすべきな気もする。一方で、架空の恋人とのラブラブ設定をこの先何年も、何十年も演じ続けるのは、明らかに無理がある。

「まあ、物理的な距離ができると、いろいろとね」

すずの想像を、それとなく肯定しておく。

彼女がいるふりをして、休日を東京で過ごしている設定も、そろそろきつくなってきている。

実際に東京に戻って、友人と会っていることもあるが、アパートに閉じこもって留守を演じていることもある。

もうそろそろ、破局ということにしてもいいのかも。そのうえで、別れた彼女を終生忘れられない男を演じていけばいい。

そんなことを考えて、ふと、俺はなにをやっているのだろうかと我に返る。

勝手に遠藤を好きになって、勝手に追いかけてきて、勝手に彼女を捏造《ねつぞう》して、勝手に破局設定をこじつけて。

遠藤からしたら、すべてどうでもいいことなのに、一人で必死に自分を取り繕っている。

神様視点で見てみたら、ひどく滑稽《こっけい》で笑えるだろう。

すずが帰ったあと、店の片付けをして帰り支度をしていると、遠藤がスマホを手に取り「親父がなにか言ってる」と呟いた。

すぐに昂大のスマホが鳴って、遠藤から父親のメッセージが転送されてきた。

『唐揚げをたくさん作ったから、増井くんと一緒に食べにおいで』

やさしい父親の気持ちに感激しつつも、昂大は苦笑いで、顔の前で手を合わせた。

「ごめん、めっちゃ嬉しいんだけど、電話、かけ直さなきゃだから」

「俺が謝られるいわれはない」

遠藤は淡々と返してきた。確かにそうだ。別に遠藤が誘ってくれているわけではないのだから。

「お父さんによろしくね。すごく行きたがってたって」

「相変わらず逃げる口実をこじつけてたって言っとく」

「だからそれやめろって！」

いつものようにテンポよく言い合いながら店を出た。

遠藤の車のエンジン音が遠ざかっていくのを聞き届け、アパートに向かって歩きだしながら、昂大は八代に電話をかけ直し、開口一番平謝りした。

「さっきは本当に失礼しました！」

『こっちこそ、仕事中に悪かったな』

「仕事っていっても、遠藤の身内みたいなお客さんだったので、全然」

『全然って言いながら叩き切られたし』

「すみません！」

『なんかぞんざいに扱われる彼女役やらされたし』

不興そうな声音に、昂大は相手には見えないのにぺこぺこと頭を下げた。

「ホントすみません！」

『で、えんちゃんとはどうよ？』

「どうもこうも、普通にやってます」

『まだコクらないのか？』

若干の茶化しを含んだ八代の問いかけに、昂大はきっぱりと返した。

「まだもなにも、一生コクりません」

『当たって砕けりゃいいじゃん』

「砕ける前提ですか！　って、まさにその通りだから、絶対言いませんって」

『まあ、増井がそれでいいならいいんだけどさ』

「いいんです。今、すごく幸せです」

モッズコートの襟に首を埋《うず》めながら、昂大は白い息とともに言った。

『それも、ある種ののろけなのかな』

「そんなようなものです」

八代は、昂大の気持ちを知る唯一の人物で、だからつい、そんなふうに言ってみたくなる。

「一緒に仕事できて、同じ街で暮らせて、今すごく幸せです。これもお母さんのおかげです」

「よかったわ。……ってお母さんじゃねえし」

お決まりの返しのあと、八代は少し真面目な声になった。

『増井が幸せなのは、俺も嬉しい。ただ、状況が変わったときのおまえの傷心が、ちょっと心配ではある』

「だから当たって砕ける勇気ないから、大丈夫ですって」

『いや、むしろ当たって砕けてほしいんだよ、俺としては』

「ドSですか」

『そうじゃなくて、自分から当たりに行く場合は、それなりの覚悟できてるからさ、砕けるにしても、怪我《けが》が少ないじゃん？』

「まあそうですね」

『でも、不意打ちで、たとえば突然遠藤に彼女ができたり、結婚するとかってなったときさ、おまえすげえショック受けそうだから』

「大丈夫です。そのへんはちゃんと日々頭の中でシミュレーションしてるし、最初から一ミリの期待も抱いていないので、ショックなんか受けようもないです」

八代は疑わしそうな様子だったが、昂大は笑い飛ばし、しばし雑談して、ちょうどアパートに到着したところで通話を終えた。

部屋の中は、外と同じくらい冷え切っていた。エアコンと加湿器のスイッチを入れてからモッズコートを脱いで、洗面所に手を洗いに行く。

鏡の中の自分の顔をじっと見つめる。昂大は真顔が笑顔系の柔和な顔立ちで、さらに接客中はより意識して笑顔を心がけているため、目尻にはいつも笑《わら》い皺《じわ》が刻まれている。真顔に戻ると、皺はほとんどわからなくなるが、きっと十年二十年後には、そこにはくっきりと消えない皺が刻まれていくのだろうなと思う。

その頃には、さすがに遠藤も所帯を持っているだろう。

ショックなんか受けようもないと豪語してみせたが、まあ、まったくダメージを受けないはずはない。

でも、今考えたってしょうがない。

シミュレーションしているというのは嘘ではないが、考えれば考えるほど、思考停止に陥《おちい》るのも事実。

まあ、今日明日の話じゃない。それはまだ当分先の未来の話。その時がきたらその状況に身を任せるよりほかはないわけで。

見ようによっては前向き。でも実はうしろ向きな現実逃避。

実際、現時点でできることなど、なにもありはしない。

5

当分先の未来はしかし、思いもよらないほど早くやってきた。

クリスマスの翌日、昂大《こうだい》は遠藤《えんどう》と一緒にいつものように『金木犀《きんもくせい》』に夕食を食べに寄った。イブとクリスマス当日は客足が絶えなかったようだが、その反動か店は空いていた。最初はテーブル席で一緒に食事をしていた遠藤だったが、マスターにチェスに誘われてカウンター席に移動してしまった。昂大がスマホをいじりながらコーヒーを飲んでいたら、すずがおかわりをサービスしに来てくれて、そのまま目の前に座った。

「チェスなんて、なにが面白いのかしらね」

「俺もルールすらわかんないよ」

苦笑いでカウンターに目をやる。

無口な男二人、黙々とコマを動かす様子は絵になる。

「ああやって見ると、あの二人って本当の親子みたいだね」

「ね。似た者同士の負けず嫌い。おとといはお父さんが負けたから、リベンジだって」

「イブもえんちゃんは来てたのか」

「うん、忙しいのにお父さんったらチェスに夢中で困ったわ。元々はお父さんが進《しん》ちゃんに教えたのに、最近全然勝てないから、ムキになっているみたい」

子供の頃から、家族同然のつきあいをしてきた仲の良さが見て取れる。クリスマスイブも一緒に過ごしていたのかと思うと、改めて覚悟を決めておかなくてはと感じる。

「遠距離恋愛の彼女とは、クリスマスもなかなか会えない感じ？」

すずに言われて、一瞬、彼女ってなんだっけ？　と思う。フェイク設定だから、いつもつい忘却してしまう。

「そうだね。まあ向こうは向こうで、友達と女子会とか、いろいろ楽しそうだよ」

適当な話を捏造《ねつぞう》して、お茶を濁す。

「そっか」

すずは慈愛溢れる母のような微笑みをくれて、それからそっと言った。

「実はね、増井《ますい》くんに話したいことがあるんだけど」

「なに？」

訊ねると、すずはカウンターの遠藤の方にはにかんだような視線を向けた。

「落ち着いて話したいから、明日会えないかな。シトロンは定休日だよね？」

「うん」

「うちも、お父さんが夕方病院に行かなきゃならなくて、お店、二時に閉めるから、そのあと会えると嬉しいんだけど」

すずと二人で会うなんて、初めてのことだ。胸騒ぎを覚えて、昂大は遠藤の方に視線を向けた。

「えんちゃんも一緒に？」

すずはかぶりを振った。

「進ちゃんにもシトロンにも関係のある話なんだけど、まずは増井くんと二人で話したいの」

昂大は、すっと頭から血の気が引いていくのを感じた。

遠藤と店に関係のある話。聞くまでもなく、内容の想像はついた。

そうなればいいと思っていたことだし、いつかその日がくることもわかっていた。

しかし、こんな不意打ちとは思わなかった。

つい先日、八代《やしろ》に忠告されたことが、こうも早く現実になるなんて。

「増井くん？」

怪訝《けげん》そうに呼びかけられて、ハッとする。自分の顔からデフォルトの笑顔が消えていることに気付いて、慌てて表情を取り繕う。

「あ、オッケー」

待ち合わせの時間と場所を決め、昴大はコーヒーを飲み干して立ち上がった。

「えんちゃん、マスターと盛り上がってるみたいだから、先に帰るね」

「え、歩きで？」

「運動不足解消にちょうどいい距離だから。じゃあ、また明日」

極力明るく言って、店を出た。

かじかむ寒さの中を歩きだして、ふと、マスターが明日病院に行くという話を思い出した。自分のことで頭がいっぱいで、訊ねる余裕もなかったが、どこか悪いのだろうか？　もしかしたらそれで一気に結婚の話が進んだとか？

すずは、遠藤にもシトロンにも関係のある話だと言っていた。すずの父親は、すずと遠藤が結婚して一緒にサロンをやることを希望していると、以前マダムが冗談交じりに話していた。

それが本当になるのだ。

さっさと結婚してくれたらいいのに、とずっと思っていた。そうすればすっきりするのに、と。

しかし、いざそれが現実になると、途方もない混乱に襲われた。果たして自分は、二人と一緒に平然と働けるだろうか。

いや、それ以前に、そこに自分の居場所はあるのだろうか。

二人で話したいというすずの言葉を思い出し、昴大は自分の足元にぽっかりと暗い大きな穴が開いているのが見えた気がした。

二人で店をやるとしたら、自分は用済みなのではないか？

戦力としてそれなりに役立っている自負はある。しかし、すずも一緒に店をやるとなれば、そこそこの給料を貰《もら》っている昴大よりも、もっと安く使えるアシスタントを入れた方がいいと考えてもおかしくはない。

これまでなかなか定着しなかったアシスタントも、すずが間に入ればぐっとコミュニケーションは円滑にいくだろう。

今回の件も、遠藤が昴大に伝えるとぶっきらぼうに首を切るような話になるから、まずはすずから穏当に伝えるという流れになったのかもしれない。

まさしく八代が心配してくれた通り、不意打ちのショックは、想像を大きく超えていた。

明日、すずの口から、失恋と失業の通知が下される。

なんという年の瀬だろう。

ぴりぴりと痺れるような寒さの中で、昴大はぶるっと首を振った。

自己憐憫《じこれんびん》に浸るなんて馬鹿げている。失恋もなにも、望みはゼロパーセントだとわかっていたじゃないか。

仕事に関しては、また東京に戻ればいいだけだ。手に職の国家資格はありがたい。前のサロンは名の通った店だったから、その経歴で就職口はそう苦労なく見つかるだろう。八代に話せば、古巣に戻る手筈《てはず》を整えてもくれるだろう。

なにも失ってなどいない。いないはずだ。

なのに、昂大の人生から急に灯《あか》りが消えた。

いくら転職先が安泰でも、もはやそこで働く意味などまったく見出せなかった。

「おい」

突然間近で呼び止められて、昂大はびくっと飛び上がりそうになった。

振り返ると遠藤が、ジャケットのポケットに両手を入れて、不機嫌そうに近づいてくるところだった。

薄暗い街灯の下で、昂大は慌てて笑顔の仮面をかぶる。

「わざわざ追いかけてきてくれたの？　さっきすずちゃんにも言ったけど、歩きで平気だよ」

「……おまえ、アホなほどポジティブだな」

「え？」

「何年のつきあいだよ」

「ええと……七……八年？」

「それでよく、俺が追いかけてまで送っていこうとしてるなんて思えるな」

「あー、確かに。……ってえんちゃんもよくわかってるよね、自分の性格」

あははと笑う自分の声が、他人の声のように聞こえた。

理性は思考停止を起こしているのに、条件反射でノリツッコミをしている自分にいっそ感心する。

「じゃ、なにか用だった?」

訊ねてから、もしかして明日のすずとの約束を待たずして、なにか決定的なことを言われるのではないかと身を固くする。

ちょっと待ってほしい。とりあえず一度一人になって、きっちり気持ちに整理をつけたい。

「無銭飲食」

しかし遠藤の口から飛び出したのは、まったく予想外の単語だった。

「え?」と聞き返してから、一歩遅れて、そういえば狼狽《ろうばい》のあまり金を払わずに店を出てきてしまったことに思い至った。

「あ、しまった」

慌てて引き返そうとすると「払っておいた」と遠藤がぶっきらぼうに言った。

「ごめん! 俺、どんだけボケてるんだろ」

死刑宣告を免《まぬか》れた安堵で失笑しながら、昂大はボディバッグから財布を取り出した。

「こんな暗いところで見えねえよ。あとで利子つけて返せ。とりあえずなりゆきで送ってやるから駐車場まで来い」

「どうせ法外な高利なんだろ？　今払うって」

財布から札を引き抜こうとしたが、かじかんだ指は感覚が鈍っていて、財布が路面に滑り落ちた。

小銭やカード類が、薄暗い路地に散乱する。

「うわ、ドジっ子かよ俺」

「かわいこぶってんじゃねえよ」

屈《かが》んで財布の中身を拾い集めている昂大の尻に、遠藤が蹴りを入れてくる。

「ちょっ、痛いって。鳥目なんだから、拾うの手伝ってよ」

いつも通りの自分を演じられていることに胸を撫で下ろす。

遠藤は面倒そうに腰を屈め、道端に落ちたカードを拾い上げた。

「サンキュー」

受け取ろうと手を差し出したが、遠藤は街灯の明かりにかざして、カードをじっと眺めている。

「どうしたの、えんちゃん？」

「免許、持ってるんじゃねえかよ」

「え？　……あ」

遠藤が手にしていたのは、カードではなくて運転免許証だった。

「それは……」

小さな嘘の露呈が、平静を取り繕っていた昂大の心に波紋を起こす。

遠藤は無造作に免許証を返してきた。それ以上何も言ってこないから、かえって居心地が悪くなる。

「いや、別に隠してるつもりじゃなかったんだけど……」

沈黙に耐えかねて言い訳してから、自分でその空々しさに気付く。持っていることを言わなかっただけではない。教習所の話まで持ち出して、積極的に嘘をついた。うしろめたさがあるせいで、遠藤になにか感付かれたのではないかと思う。

「意味わかんねえ。なんで隠し持ってるわけ？」

憮然とした遠藤の口ぶりに、心臓が縮み上がる。

車など必要なかった都内の暮らしのときに、先輩の車の代行を回避するためについた、些細な嘘。

でも、車がないと不自由なこの街に引っ越してきて貫き通すには、不自然な嘘。

「……そっちこそ、俺に隠してることあるだろ」

気まずさを誤魔化そうと、昂大は反撃に出た。

「は？」

「すずちゃんとの結婚のこと。俺としては、まずはえんちゃんの口から聞きたかったよ」

すべてわかってるんだからなと、訳知り顔で言って、祝福して、優位に立とうと試みたが、結婚、と口にしてみたら、その重さに予想外に打ちのめされた。

最初から、望みなど微塵（みじん）も抱いていなかったから、ショックを受ける余地などないと思っていたのに。いっそさっさと家庭を持ってくれたら、気持ちを悟られるとか変な心配もなく、そばにいられるとすら考えていた。

まさか自分が、こんなに衝撃を受けるなんて、想像もしていなかった。

でも、考えてみれば芸能人の交際報道や結婚報道にショックを受ける人たちだって山のようにいるのだ。絶対自分のものにならないとわかっている雲の上の存在にすら、特定の相手ができたとわかれば人は傷つくものだ。

「おまえ、なに言ってんの？」

問い返してくる遠藤の口調は、いつも以上に淡々として冷ややかに感じられた。報告する必要すら感じていなかったという雰囲気だ。

遠藤には、絶対に自分の気持ちを知られたくなかった。しかし、シトロンを辞めてこの街を離れたら、もう二度と会うこともないだろうと思ったら、一気にそんなことはどうでもよくなった。

「結婚したら、俺はお払い箱なんだろ？」

幸せを祈らなくてはいけないのに、突然湧き出した虚しさと嫉妬心に目が眩《くら》む。

「……俺がなんで免許を持ってるのを隠してたかって？　そんなの、えんちゃんの車に乗せてもらうために決まってるじゃん」

絞り出すように、昂大は言った。

遠藤が「は？」と珍しく当惑したような顔になる。

「意味がわからないんだけど」

「えんちゃんと少しでも長く一緒にいたかったから」

身体中が、焼けるように熱くなる。欲しくても手に入らないものへの、焦燥と口惜しさと恥ずかしさと切なさと。

足の下でジャリっと砂粒が音を立てる。操られるように、遠藤に歩み寄った昂大は、暗闇の中で遠藤の表情を確かめるように顔を寄せた。

「……ずっと好きだったから。えんちゃんのこと」

表情を見たいと思ったのに、やっぱり見るのが怖くなって、焦点がぼやけるまで顔を近づけて、

唇を奪った。

やわらかくて、乾いていて、少し弾力のある感触は、マシュマロに似ていた。一瞬触れてすぐに離れる。

端整な顔に浮かんだ表情を見る勇気はなくて、昂大は踵《きびす》を返して駆け出した。

ザマミロザマミロザマミロ……。心の中で叫び続ける。

俺に直接言わずに、すずちゃん経由で言いにくいことを伝えようとするから、思い知らせてやったんだ。

ただの雇用人だと思っていた、友達ですらない男に、ずっと好きだったと言われて唇まで奪われて。

いくらものに動じない遠藤でも、それなりに衝撃を受けただろう。

長年抱えていた秘密をぶちまけたことで、昂大はある種の解放感に包まれていた。

アドレナリンに操られるまま夜の道を走り、驚異的な速さでアパートに帰り着く。

しかし、部屋に入った途端、スイッチが切れたように昂揚感は薄れ、今度は一気に動揺と後悔が押し寄せてきた。

「やば……どうしよう……」

床にがくっと膝をついて、頭を抱えた。

「ザマミロってなんだよ」

遠藤に悪いところはひとつもない。勝手に想いを寄せて、勝手に失恋して、勝手に逆恨みで爆発して……。

いますぐ謝らなければ。ただの冗談だったと言わなければ。

スマホを取り出すと、遠藤からの着信履歴が表示されていた。いろいろな意味で怖くなって、謝るどころか電源を切ってしまった。

スマホと一緒に、昂大は床に自分の身体を放り投げた。

もう、やってしまったのだから仕方がない。

自分の恋心に関しては、悟りの境地に達していると思っていた。でも、そうではなかったということだ。自覚していたよりも、自分はずっと未熟で、思っていた以上に遠藤のことが好きだった。

自分がバカすぎて気の毒になり、涙が出そうになった。

「泣くとこじゃないし。いつか絶対、鉄板の持ちネタになるし」

自分で自分にツッコミを入れて、それからそっと中指の先で唇をなぞった。

遠藤には気持ちの悪い思いをさせて本当に申し訳なかったけれど、自分はあの感触を一生忘れないと思う。

万が一この先、恋をすることがあったとしても、遠藤を好きになったほど、誰かを好きになれることなんて、絶対ない。

まるで十代の女の子のような自分の感傷に、思わず噴き出してしまう。

ツボにハマって笑いが止まらなくなって、でも目尻からはなぜか涙が伝うのだった。

6

「ここのパフェ、一度食べてみたかったの！」

待ち合わせのカフェで、すずはマンゴーパフェを前にして、嬉しげに目を細めた。

昨日の今日で、すずに会うのはしんどかったが、屈託のない笑顔を見ると、やっぱりかわいいなと思ってしまう。

「実はね……」

すずはとっておきの秘密を打ち明けるように、身を乗り出してくる。

「増井《ますい》くんとここに来るのが楽しみすぎて、今日はカフェネイルにしちゃった」

じゃーん、とこちらに向けられた手には、爪の形をグラスに見立てて、カラフルなメニューがずらりと並んでいる。

「うわ、すごい！　パフェにタピオカにソフトクリームに……あ、もしかして小指はクリームソーダ？」

「正解」

「サクランボ、かわいいね」

「でしょでしょ？　ふふふ」

昨夜とは矛盾しているが、このかわいらしい女性を、遠藤《えんどう》にはぜひ大切にしてほしいと思う。かわいいネイルをちゃんと褒《ほ》めてあげてほしいし、頑張りをねぎらってあげてほしいし、病気のお父さんを一緒に支えてあげてほしい。そして大切に愛して……愛して……。

愛し合う二人を想像しかけて、昂大《こうだい》は思わず額を押さえた。

ダメだ。余計なことを想像するな。

「増井くん？　どうしたの？」

「あ、いや、なんでも」

ぱっと手をどけ、笑みを取り繕う。

すずは怪訝《けげん》そうに首をかしげ、さらにぐいっと顔を近づけてきた。

「なんだか目が赤いけど、大丈夫？」

「今日休みだから、ついつい夜更かしして、ゲームやりすぎちゃって」

失恋の痛手で一睡もできなかったなどとは言えない。

「ゲームか。彼女とテレビ電話で延々と愛を語らってたのかと思った」

なるほど、その言い訳でもよかったか、などと思いつつ、コーヒーにミルクを入れてかきまぜた。

すずは今日も饒舌《じょうぜつ》で楽しそうだ。もうすずとこんなふうに会うこともないのだろうなと思いながら、昴大も努めて明るく会話に応じた。

おしゃべりを楽しみながら、時間をかけてパフェを平らげたすずは、やがてふうっと息を吐いた。

「えっとね、それで今日は、増井くんに折り入って話があるの」

「うん」

昴大は背筋を正し、テーブルの上で両手を組んだ。

もう大丈夫。昨日さっさと当たって砕け済みで、今度こそショックを受けることなどひとつもない。

「実はね、私、いずれ今のネイルサロンからの独立を考えてて」

想像通りの展開だ。昴大は頷いてみせた。

「うちの両親も、そうなったら、お店のカフェスペースを縮小して、半分をサロンにしてもいいんじゃないかって言ってくれてて」

カフェの縮小ということは、やはりマスターの身体の具合が思わしくないのだろうか。

「……『金木犀《きんもくせい》』を」

「そう。こぢんまりしたサロンだけど、二人でやるには充分じゃない？」

「確かに」

てっきりシトロンですずが一緒に働くのかと思っていた。改装して一年しかたっていないのに、もったいないなと思いながら聞いていると、すずは上目遣いに、じっと昂大を見つめてきた。

「一緒にやってくれないかな？」

「もちろ……はぁ!?」

完全に遠藤とすずの話だと思って聞いていた昂大は、ぎょっとして思わず椅子を蹴って立ち上がっていた。

響き渡った昂大の声に、周囲の視線が集まる。

「あ、ごめん……」

昂大は慌てて腰を屈《かが》めて座り直した。

「大丈夫？」

「大丈夫、大丈夫。ちょっとびっくりしただけ」

すずは苦笑いを浮かべる。

「びっくりしすぎよ。ていうか増井くん、薄々私の話に気付いてたと思ってたんだけど」

「いや、すずちゃんの独立の話かなってところまでは想像してたんだけど、てっきりえんちゃんと一緒にお店をやるんだとばかり」

「進《しん》ちゃん？　なんで？」

きょとんと問い返されて、昂大の方がたじたじとなる。

「だって、えんちゃんにも関係のある話って言ってただろ」

「それは進ちゃんのお店から増井くんを引き抜こうっていう話だから、大いに関係あるでしょう？」

まったく想像だにしない話だったので、昂大はただただうろたえる。

「待ってよ、だってすずちゃんとえんちゃんは幼馴染《おさなな じ》みだし、いい雰囲気だし、そのうち結婚して一緒にお店をやるんだとばっかり……」

「やめてよー」

すずは顔の前で手を振った。

「ないない！　絶対ないから」

「マジで？」

「マジでマジで。進ちゃんみたいな彼氏とか絶対無理」

思いがけないすずの言い分に驚いた。

「美男美女でお似合いだと思うけど？　しかも幼馴染みだし、えんちゃんをあんなふうにあしらえるのってすずちゃんだけだし、運命的な組み合わせだと思うよ？」

「増井くん、少女マンガの読みすぎだって。幼馴染みとかむしろお互い黒歴史を知りすぎてて、ときめかないし、あんな共感力のない人と結婚なんて無理よ」

特別な絆《きずな》があると思っていたすずが、案外ドライで驚いた。

「そういうものかなぁ」

「そういうものだって。私はむしろ、増井くんみたいに女心のわかる人が好き」

じっと見つめてそう言われて、昂大は自分の大いなる勘違いに、何重にも焦る。

「ええと、あの……」

「待って！」

言葉を選んで話そうとする昂大の口を、すずは向かいからにゅっと手をのばして塞いできた。

「返事はいますぐじゃなくていいから。ちゃんと考えてほしいの」

すずの気持ちに応《こた》えることはできない。昂大の中ですでに答えは出ている。

「増井くんに彼女がいることも知ってる。知ったうえで、遠距離の倦怠期に付け込もうとしてる」

「そんな……」

「十中八九ダメだってわかってる。でも、言わなきゃなにも始まらないから、勇気を出して言ってみたの」

そう言われると、昂大自身の気持ちと重なるような気がして、なにも言えなくなる。

「この場で断られたら、夢も希望もないでしょ？　一応、ふりだけでもいいから、持ち帰って考えてほしい」

すずの真剣な目を見て、昂大は神妙に頷いた。

「わかった。ちゃんと考えてから、返事をするね」

「ありがとう。じゃあ、また連絡するね。あ、スマホの電源はちゃんと入れておいてよ？」

「え？」

「今日の待ち合わせの確認をしようと思って、ラインしたけど既読がつかないし、電話をかけても電源が入ってないって言われちゃったよ」

「あ、ごめん」

昨日、うろたえて電源を切ったスマホを、床に転がしてきたままだったことを思い出した。

すずの車で駅まで送ってもらい、昨日を上回る混乱を抱えながら、ひとり帰途についた。

まさか……。

まさかすべてが自分の早とちりだったなんて。

勝手にショックを受け、勝手に感傷的になって遠藤に気持ちをぶちまけ、あまつさえ唇まで奪ってしまった。それもこれも、もうここを離れるほかないと思ったからだ。

すべてが勘違いだったなんて。

どうしよう。明日仕事に行って、どんな顔で遠藤に会えばいいのだろう。

混乱を抱えてアパートの外階段をのぼりきったところで、昂大は固まった。

部屋のドアの前に遠藤が座っている。スマホをいじっていた遠藤は、けだるげにこちらを振り向き、ゆっくりと立ち上がってデニムの尻を無造作に払った。

「な……なにしてるの？」

「そっちこそ、どこ行ってたんだよ」

「いや、あの……別に休みにどこに行こうと、勝手じゃね？」

うろたえてつい開き直ったら、いきなり脛《すね》を蹴っ飛ばされた。

「痛っ！」

昂大は片足をあげてケンケンで飛び回った。

「昨日の今日で電話もつながらねえし、なんなんだよって思うだろ」

怒っているのか呆れているのか知らないが、とにかく尋常ではなかった昂大を心配して、様子を見に来てくれたらしい。

「……ごめん」

遠藤はなにか言いかけて、大きなくしゃみをした。こんな寒いところで、いつから待っていてくれたのだろう。

「とりあえず、入って」

昂大は急いで部屋の鍵を開け、遠藤を招き入れた。

ドアが閉まったとたん、後悔した。ここじゃなくて、ファミレスにでも誘えばよかった。この狭い密室に二人きりなんて、昨日の今日で気まずすぎる。

とりあえずエアコンをつけ、テレビをつけ、電気ポットのスイッチも入れて、あらゆる音で室内を満たす。

「コーヒーと紅茶、どっちがいい？」

「どっちもいらねえ」

「まあ、そう言わないで。身体、冷えてるだろ？」

「いいから座れ」

命じられて、渋々遠藤の前に行く。部屋には二人掛けのソファがひとつあるきりで、そこに遠藤が座っているから、ソファとテレビの間のラグに正座した。

「なにこれ、説教されそうな体勢」

持ち前の気質で、ついツッコミを入れてしまうと、遠藤は鼻を鳴らした。

「しに来たんだよ、説教を。身に覚えがあるだろう」

昂大は、遠藤の目を見ることができなくて、ラグの毛並みに視線を落とした。

身に覚えはありすぎる。切羽詰まっていきなり唇を奪ってしまった。警察に突き出されても文句を言えない所業だ。

「ご……ごめん」

「すずと俺が結婚するって、なに情報だよ?」

「あ、え?」

当然、キスの件で怒り狂っているのだろうと思ったのに、まずはそこからかと、一瞬拍子抜けする。

「ごめん、あれは俺の誤解だった。自己解決しました」

「そりゃよかった。万事スッキリだな」

「ありがとう」

「ってどこがスッキリだよ?」

遠藤が珍しくノリツッコミをかましてきて、昂大はびくっと竦《すく》みあがる。

「ご、ごめん」

遠藤は真顔で真正面から昂大を見下ろしてくる。なまじ端整な顔立ちだけに、じっと見つめられるとそれだけでとても緊張する。

「おまえ、俺のこと好きなの？」

しかもいきなりズバッと切り込まれて、全身の毛穴という毛穴から汗が噴き出した。

「あ……」

「それで、なんだか知らないけど俺がすずと結婚するって誤解して、そうしたらおまえをあっさり解雇すると思って、我を失ったってこと？」

もはや身体中の水分が全部汗になって流れ落ちるのではないかと思った。口をぱくぱくしながら、何も言えずにいる昂大に、遠藤はさらに畳みかけてくる。

「おまえの中で、俺とすずの人間性ってどんな解釈なんだよ」

「ごめん、完全に俺の被害妄想でした……」

「あたりまえだろう。そもそも、すずが誰かと結婚したがるとしたら、俺じゃなくておまえだろう」

「え、知ってたの？」

昂大が驚いて顔をあげると、遠藤は呆れたように見つめてきた。

「その顔、もしかしてコクられたのか？」

「あ……ええと……」

遠藤は剣呑な表情になる。

「断ったんだろうな？」

「返事はあとでってことになって」

もそもそ言ったら、ぺしっと頭を叩かれた。

「痛っ」

「なんで即刻断らないんだよ」

「いや、すずちゃんに、ちゃんと考えてから返事してほしいって言われたし、俺も、昨日の今日で、なんか混乱して頭が回らなくて……」

「今すぐ断れ。おまえは一生俺の店で働くんだから」

「……え、いや、無理だって」

「なにが無理なんだよ」

「あんなことがあったあとで、一緒に仕事するとか……」

つい遠藤の唇に目がいってしまい、慌てて視線を逸らす。

「頬染めてんじゃねえよ」

イラついたように言われて、もはやどうしていいかわからない。

「こっ、こっちだって染めたくて染めてるわけじゃないし！」

遠藤の目から、自分がどれほど薄気味悪く見えているのかと思うと、今すぐこの場から消えてなくなりたくなる。

「いきなりキスする度胸があるくせに、なんで向かい合ってるだけで赤面するんだか」

冷ややかに言われて、さらに顔が熱くなる。

「だから、それはホントにごめんって」

「謝ってすむ問題じゃねえよ」

確かにその通りだ。

「いつから好きなの、俺のこと」

抑揚のない声で淡々と訊ねてくる。もはやドSのいたぶりモードに突入しているようだ。

「いや、もうその話は……」

「まあ、前の店を辞めて俺についてきた時点で、そうなんだろうなとは薄々思ってたけど」

なにもかもおっしゃる通りですとうなだれかけて、「え？」となる。

「なにそれ？　気付いてたのかよ？」

「だって、普通、あんな有名店をあっさり辞めて、こんな田舎に来るか？」

「そ……それは、えんちゃんは性格的に、一人で店を回すなんて無理じゃないかって、八代《やしろ》さんも心配してたし」

八代さんね、と遠藤は皮肉っぽい笑みを浮かべた。

「あの人、おまえが安西《あんざい》さんのパワハラで参ってるから、しばらくそっちで面倒見てやってとも言ってたけど」

「ああ、うん」

「嘘だろ、絶対。おまえ、へなへなして見えて、実はすっげえ芯が強いよな」

「え」

「どんなやつでも適当にあしらえる鋼《はがね》のメンタルだし。安西さんのことだって、いいように手のひらで転がしてたじゃねえか」

「あしらうとか転がすとか、そんな失礼な」

しかし意外に見抜かれていたことにたじたじとなる。

後輩たちから煙たがられていた安西だが、人間味があって憎めない人だなと思っていた。

誰に対してもあしらっているつもりなどなかったけれど、自分が嫌な思いをしないために、常に適度な距離感で、上っ面の愛想のよさで適当につきあってきたのは事実だ。

「そんなやつが、わざわざ縁もゆかりもないこんな場所までついてくるなんて」

遠藤は無表情にじっと昂大を見つめて言った。

「俺のこと、本気で大好きなんだな」

「いや……あの……もう、いっそ殺してくれ」

昂大は頭を抱えた。

恋心を暴かれ、あざ笑われるいたたまれなさときたら。いったい俺は前世でどんな過ちを犯したというのか。

「だからって、おまえからあんなふうにキスしていいって話にはならねえよ」

「それはもう、本当にその通りです。ごめんなさい」

遠藤はゆらっとソファから立ち上がった。

「本当に反省してんのか?」

詰め寄られて、昂大も思わず立ち上がる。

「してる、心底」

「じゃあ、あれはゼロカウントってことでいいな?」

「え……っと、ゼロ……?」

よく意味がわからないが、なかったことにしてくれるのか? それで何事もなく今まで通りシトロンで働けということか?

真意を理解しようとぐるぐる考えているうちに、遠藤がどんどん近づいてくるので、適切な距離を保つために、昂大は正座で痺れた足でふらふらしながら後ろに下がった。しかし一人暮らしのこぢんまりしたリビングで、すぐに背中がドアにぶつかった。

「えんちゃん、どうしたの？　あ、もしかしてトイレ？」

「少し黙ってろ」

「でもこのままだと……」

ぶつかる、と言おうとしたときには、遠藤の吐息が昂大の瞼《まぶた》を震わせていた。

「え……ちょ……んっ……」

唇を塞がれて、激しい動悸で頭の血管が切れそうになる。

「まっ……」

わけがわからず、唇をずらしてしゃべろうとすると、大きな手で顎《あご》を掴まれ、言葉ごと嚙みつくように奪われた。

なにこれ。えんちゃんにキスされてる……？

魂まで吸い出すような長いキスのあと、湿った音を立てて唇が離れた。

すぐ間近で、遠藤が怒ったような顔で昂大を見つめている。

「な……なに？」

「俺が先にするんだよ。昨日のあんなへなちょこなキスはゼロカウントだからな」

「……意味が」

わからない、と、掠《かす》れた声で呟きながら、昂大はその場にぐずぐずとしゃがみ込んだ。

「腰抜かしてんじゃねえよ」

「違う、正座で足が痺れて……」

実際は両方が原因だったが。

遠藤は昂大の前にしゃがみ込んで、足の甲を指先でビシッと弾いてくる。

「痛っ、やめろー！　ってか、今のなんなんだよっ！　なんでえんちゃんが俺に、キ……キスとか……」

「俺が、俺のものにキスしてなにが悪いんだよ？」

「俺のものって……それって、俺のこと好きってこと？」

「そういう言い方もあるかもな」

顔色ひとつ変えず、しれっと言う。

「は？　なにそれ？　なんで？」

「普通、地元に帯同させた時点で、わかるだろう」

「いや、わかんねえし！　なにそれ！　だったら最初からそう言って連れてけよ！」

「そんなの、最初に言って断られたらどうするんだよ」

「は？」

「なんで俺がそんなに自信満々だと思う？」

意外なことを訊き返されて、言葉に詰まる。

遠藤は、表情ひとつ変えないでじっと昴大を見つめている。

さっきまでは、呆れや蔑みの表情だと思っていた。

しかしこれは、もしかしたらどんな顔をしていいのかわからない困惑の表情なのだろうか。

「待って。ちょっと頭の中を整理させて。えんちゃん、俺のこと好きなの？」

「ああ」

あっさり肯定され、混乱のあまり心臓を吐き戻しそうになる。

「いつから？」

一瞬だけ考える顔をして、遠藤はきっぱり言った。

「割と最初から」

「……最初？」

「やたらへらへら愛想がいいし、安西さんみたいないけ好かない先輩にも媚売って、なんだよこいつって」

「いやそれ、好きと違うよね？　普通にディスってるよね？」

「そんな誰にでもいい顔するやつが、どうやら俺のことを特別に好きらしいって気付いて」

「待て待て。なんで？　いつ気付いた？」

「普通に顔に出てるし」

「うそ……」

昂大は両手で顔を覆った。自分では必死で隠しているつもりだった。しかし八代にもバレていたくらいだから、意外と隙だらけだったのだろうか。

「気付いてたなら早く言えよ」

「なんで俺から言うんだよ」

つっけんどんに反駁《はんばく》されて、「は？」となる。告白はこっちからで、キスはそっちからって、なんだよ、その身勝手なマイルール。

昂大は髪の毛をぼさぼさにかき回した。

「なんだよこれ。めちゃくちゃ時間を無駄にしてない？」

「無駄ってなんだ」

「だって、両想いってわかってたら、なんとかうまいこと休みを合わせて出かけるとか、仕事のあと二人でデートとか、もっと充実した時間を何年分も過ごせたってことだろ？」

「面倒くせえ」

「……おい。やっぱ好きって嘘だよね？」

昴大が膨れてみせると、遠藤はじっと見つめ返してきた。

クールに整った顔で見つめられると、心拍数が一気に上がる。

「別にわざわざ休みに出かけたりしなくたって、ずっとおまえが俺のものであったことに変わりはないだろ」

昴大はドアにもたれかかって腰を抜かしていた体勢から、ずるずるとのめって、床に仰向けになった。

なんなんだよ、この男。

最悪だな。

それでいて、最高だな。

「俺の片想いの五年を返せ」

「恋愛なんて、そこが一番楽しい期間だろ」

「……とてもえんちゃんの台詞《せりふ》とは思えないんですけど」

「えんちゃんって呼ぶなよ」

昴大は寝そべった体勢で遠藤を睨《にら》み付《つ》けた。

「だからなんでだよっ！　両想いなら尚更許されるだろ、愛称呼び」

「紛らわしい」

「は？」

「おまえもいずれ遠藤になるんだから、名字じゃなくて名前で呼べ」

昂大は激しく動揺して視線を泳がせた。

「……ちょっと待って。まさかそれでずっと『えんちゃんって呼ぶな』って？」

「うん」

うんって……。

固い床板にずぶずぶと沈み込みそうになる。

なにこれ。なんだよいったい。俺はずっと、長い長い茶番の中で、あっぷあっぷしてたのか？

「……いいや、俺はやっぱりえんちゃんって呼ぶ。呼びやすいし、好きな呼び方だし。それで俺もいずれ遠藤になるんだったら、えんちゃんは俺のこと、名前で呼べばいいだろ」

名案とばかりにどや顔で言い放つ。難癖付けて拒否してきたら、論破してやるぞと身構える。

「わかった。昂大」

しかし、あっさり受け入れられ、低くよく通る声で初めて下の名前を呼ばれたら、居ても立ってもいられないようなそわそわ感に包まれる。

「あ、ごめん、やっぱ名字でいいです」

「なんでだよ。おまえが呼べって言ったんだろ」

「そうだけど、なんか……」

　昨日はもうやぶれかぶれで、人生終わったような気持ちでいたのに、一夜明けてこの供給過多。身も心も状況に追いつけない。

　遠藤が腰を屈めて両手を伸ばしてきたので、柄にもなく王子様のように起こしてくれるのかと思ってときめきそうになる。

　が、その手は昂大の身体を挟むように床に置かれ、遠藤がのしかかってきた。

「え、ちょっ、ちょっと待って、えんちゃん、近い近い！」

「近づいてるんだから、近いに決まってる」

「わ、待って、なにを……」

「なにって、こういうときすることはひとつだろ」

「待てって、そんな急展開無理！　ちょっと一回冷静にいろいろ噛みしめる時間とか、余韻とか……だってほら、俺たち、飯食う以外一緒にでかけたことすらな」

「少し黙れ」

　そう言って、遠藤は昂大の唇を塞いできた。

　こういうとき、普通は目を閉じるのだろうが、仰天しすぎてかっと見開いてしまう。

知ってる、これ。床ドンからの「うるさいお口を塞いでやる」展開。ドラマで何度も観たことがある。

まさか自分がそんな状況に陥《おちい》るなんて。しかも相手が遠藤だなんて。

事態を飲み込めないでいるうちに、くちづけは深くなる。

遠藤の舌で歯列をこじ開けられて、昂大は思わず背を浮かせた。おそるおそる差し出した舌を搦《から》めとられて、さすがにもう目を開けてなどいられず、ぎゅっと瞼を閉じる。

信じられない。遠藤にこんなキスをされる日が来るなんて。

邪険に扱われるのが日常になっていて、その状況をいかに笑いに持っていくかをライフワークにしてきたから、こんなシチュエーションを想像すらしたことがなかった。

どうしていいのかわからなくて、心臓がうるさいくらい高鳴り、身体中の血がものすごい速さで循環する。

「……っ、ん………」

息もできないほど濃厚なくちづけで昂大の唇を蹂躙《じゅうりん》したあと、遠藤の唇は顎先から首へと滑り落ちていく。それと一緒にニットの裾から乾いた手のひらが侵入してきた。

「ゃあ……っ」

生まれてこのかた受けたことのない刺激に、声が裏返る。

遠藤は動きを止め、ぼそっと言った。

「エロい声出すな」

「ご、ごめん」

つい謝ってしまってから、ここは形勢を立て直すタイミングだと頭を起こす。

「……っていうか、こういうときは誰でも大概こういう声が出ちゃうものだと思うんですけど」

もはやノリツッコミは昂大の習い性だ。両親の喧嘩《けんか》を仲裁していた子供の頃から、不穏な空気になったらとにかく笑いに持っていかなければという本能が働く。

遠藤は間近にじろっと昂大を睨んできた。

「そういう声を出した経験があるのか？」

「いや、あの……」

「百戦錬磨みたいな言い方して、俺を煽《あお》ってんのかよ」

ガブッと首筋に歯を立てられて、昂大はぞくぞくと背筋を震わせながら遠藤の胸板を弱々しく押し返した。

「ないないっ、ないです！　ただの一般論だからっ！　やっ……」

歯形をつけるようにがぶがぶと首筋から鎖骨まで甘噛みされて、身体中にあやしい火がともる。

「えんちゃん……や……」

「これ、邪魔」

遠藤は身を起こすと、昂大のフーデッドパーカを下のＴシャツごと乱暴に頭から引き抜いた。

静電気が身体や頬をピチピチと刺す痛みさえ、なにやらあやしい感覚に変換されていく。

遠藤はどんな時でもほとんど表情が変わらない。美しい顔にいつも不機嫌そうな表情を浮かべて、笑うときにもわずかに口角をあげる程度だ。

その遠藤の瞳に、ぼんやりと官能の灯《ひ》がともっていくのを見て、昂大はそれだけでゾクゾクと心の絶頂を極めそうになる。

夢にまでみたシチュエーション。

しかしそれはあくまで夢として妄想していただけで、いざ現実になってみると、幸せよりも怖さがまさる。

こんなことが本当にあっていいものか。遠藤が自分のことを好きだなんて本当に本当なのか？外で昂大を待っている間に自販機にドリンクを買いに行って、お気に入りの缶コーヒーが売り切れだったので飲み慣れないまむしドリンクかなにか飲んで、その成分にやられて誰でもいいからやりたい衝動に駆られている可能性はないか？

……いや、ないだろうな。

だが本当に遠藤は、昂大相手のセックスなんてできるのだろうか。

途中で、やっぱり無理と言われたら、相当な深手を負いそうな気がする。

もしも完遂できたとして、その後、これまで通りの関係でいられるだろうか。

想像して、「無理無理無理無理」と昴大はかぶりを振った。遠藤に抱かれたら、もう今まで通り普通に接することなんてできない。顔を見ただけで腰が砕けて、仕事にならないだろう。

「おい、そのポーズやめろ」

胡乱《うろん》な目つきで見おろされて、ハッと我に返る。昴大はクロスさせた両手で胸元を押さえていた。

「女子か」

「……やっぱ今日のところはやめない？」

「この期《ご》に及んでなに言ってる」

「だって、心の準備が」

「どんな準備がいるんだよ」

仏頂面《ぶっちょうづら》で聞き返しながら、遠藤は昴大に跨《また》がった体勢で自分のニットを荒々しく脱ぎ捨てた。

その様を下から見上げ、昴大はドキドキしすぎて鼻血を噴きそうになる。

「待って待って、ちょっとストップ！」

「なんだよ」

「こ、怖いじゃん」

「怖くねえよ。なるべく流血沙汰にならないように気をつける」

「なるべくって、絶対じゃないわけ⁉　……ってそこもアレだけど、そうじゃなくて、こう一気に関係が進んじゃったら、もう友達の関係には戻れない怖さ、あるじゃん？」

遠藤はふんと鼻を鳴らした。

「俺とおまえが友達だったことなんかあるか？」

あっさり言われて、少なからぬショックを受ける。

確かに、八年も一緒にいたのに、友達とは言えない関係だった。一緒に出かけたこともない、単なる同僚。今は店主と雇用人。

ということは、なしくずしに関係がステップアップして、しかもそのせいで気まずくなったら、友達どころかただの仕事仲間にさえ戻れないってことで……。

「性欲の対象を友達とか呼ばねえだろ、普通」

ぐるぐる考え込む昂大の耳に、遠藤の低い声が滑り込んでくる。

「……せいよくのたいしょう」

口の中で三回ほど反芻《はんすう》して、昂大はさらに顔を赤らめた。

いや、好きって言われたし、こんな状況になってるわけだし、まあそうか、そうなんだけど、遠藤が自分をずっとそういう目で見ていたのかと思うと、嬉しいのと恥ずかしいのと困惑と動揺とで、頭の中がパニックになる。

「そっ……それはワンチャン、セフレっていう友人関係だって成立するわけじゃん？」

思わずわけのわからないことを口走ってしまう。

遠藤は呆れ顔で言った。

「性欲処理のためだけなら、もっと抱き心地が良さそうなやつを選ぶ」

「おい。俺に失礼」

ツッコミを入れながらも、もはや幸せ死にするのではないかという不安にかられる。

友達じゃなくて、性欲処理でもなくて、でもガツガツ迫ってくれるということは、相当の熱意ってことで……。

「……えんちゃん、百年に一度のデレ期到来？」

デレてねえよ、と冷ややかに返されるかと思ったが、遠藤は訝《いぶか》しげに眉をひそめて言った。

「俺は常にデレてるって言っただろう」

「あ……」

冗談だとばかり思っていたが、あの発言は本気だったのか。

昴大は遠藤とのこれまでを振り返る。ほぼ邪険にされてばかりだった気がするけれど、そういえば飲みの席で昂大に絡んできた安西をやり込めてくれたことがあったし、父親が亡くなって数日仕事を休んだときには、昂大の担当客を引き受けてくれたこともあった。

あのときも、そのときも、遠藤は昂大のことが好きだったのかと思うと、どきどきそわそわして、とても尋常ではいられなくなる。

「なに身悶《みもだ》えてるんだよ。とりあえず下も脱げ」

「いやいやむりむりむりむりっ」

昂大はボトムスの前を両手で押さえた。

「俺、ずっと片想いの世界で生きてきたから。一生そこの住人だと思ってたから。えんちゃんが俺を好きな世界観とか、俺の中にないから。この世界に慣れるまで、十年くらい時間を貰《もら》わないと」

「十年も待ったら、もうジジイで勃《た》たねえよ」

「生々しいこと言うのやめろ！　つかアラフォー世代に謝れよ！」

「ぎゃあぎゃあうるせえ。さっさと脱いで俺のものになれ」

「ひゃーっ」

太ももに馬乗りになって昂大を押さえつけ、遠藤は昂大のベルトを外してきた。

「待て待て待てって！」

体格的には遠藤の方がひとまわり大きいとはいえ、昂大だって180センチ近い大柄な男である。本気で抵抗して抗えないはずはないのに、なにか変な脳内物質に全身を侵されたかのように、どうにもこうにも力が入らず、ジタバタしているうちに、ジーンズを腰の下までずらされてしまう。

上半身は裸、下半身は下着が露出した状態で、好きな男に組み敷かれ、恥ずかしくて涙目になる。

誰かに身体を見られることが恥ずかしいなんて、今までの人生で一度も感じたことがなかった。

だが、遠藤の前でこんな格好になることは、言いようもなく恥ずかしかった。

だって友達ですらなかったのだ。一緒に温泉やプールに行ったこともないし、着替えを要する職場でもなかったから、肌を見られる機会も見る機会もなかった。

「おい。なにうるうるしてるんだよ」

「だって、こんなことになるってわかってたら、一か月くらい糖質オフと筋トレでボディラインを整えて、会う前に念入りに洗い上げて、パンツも新しくして」

「だから女子か」

「うるさい！　えんちゃんに片想い歴うん年の俺の気持ちなんてわかるかよっ！」

「俺のが歴長いって言ってるだろう。じゃあおまえに、手を出したいのを我慢してた俺の気持ちはわかるのかよ」


「え……」

思わぬ反撃をくらい、視界がピンク色になる。

昂大がぽわっとしている隙に、遠藤はニットの下に着ていたTシャツをするっと脱いだ。

「は？」

その裸体に目を瞠《みは》る。体格差といっても、身長分のウエイト差程度だと思っていたのに、遠藤の胸筋と腹筋はとても単なる美容師とは思えないほどの仕上がりだ。

「なんだよその反則ボディ！」

身動きが取れなかったのは乙女ホルモンが分泌していたせいでもなんでもなく、この卑怯な筋肉のせいだったのだ。

「待って待って！　えんちゃんばっかそんな完璧な仕上がりとかズルいし！　俺も筋トレするからちょっと待って」

「なにわけのわかんないこと言ってんだよ」

覆いかぶさってくる遠藤を必死で押し返す。

「無理、ダメ、心臓壊れるからっ」

「こっちだってもう無理。一秒だって我慢できねえよ」

身体の中心を押し当てるようにぐっと密着させられて、昂大は息を飲んだ。

硬く兆したものが、昂大のものがたわむほど強く押し当てられる。

遠藤が自分に欲情しているという事実を身をもって感じさせられて、昂大はさらに涙目になる。

「……だからなんで泣くんだよ」

「……こんな日がくるなんて、思わないじゃん」

「どんな日だよ」

「えんちゃんが、俺相手に……」

「猛り狂う日?」

昂大は涙目で噴き出した。

「……言い方」

珍しく遠藤もふっと笑う。

「えんちゃん、その口と性格を封印すれば、この世のどんな女の子だって選び放題なのに、ホントに俺でいいわけ?」

「しつこい。いつまでこのやりとり続くんだよ」

「だって、そもそもえんちゃん、ゲイなの?」

「いや、男はおまえが初めてだ」

男は、ということは、女性経験はあるということだ。そりゃそうだろう。

「おまえは？」

「え？」

「男とやったことあるの？」

「……いや」

「女とは？」

「え、あ……いや……」

日頃、世慣れたふうを装っておきながら、うっかり経験値の低さを暴かれてしまう。

「ふうん」

遠藤はまたふっと笑う。バカにされた気がして、昂大はむっとした。

「……なんだよ。悪かったな、アラサー童貞で」

「別に悪いなんて言ってない。じゃあ、おまえの初めても最後も、全部俺のものだな」

本人はなんの計算もなく言っているのであろう言葉に、昂大は萌え死にしそうになる。

もはや身体を隠すのは不可能だと悟った昂大は、両手で顔を覆った。顔面が熱くて、発火しそうだった。

「モジモジ恥じらってんじゃねえよ」

怒ったように遠藤が言う。

「悪かったな、キモくて」

「逆だ、バカ」

「……え？　わ、ちょ……」

遠藤の手が、いきなり下着の中に潜り込んできた。

「余計にそそられるだろうが」

「……やっ！」

感電したかと思うような衝撃に身悶え、昴大は思わず身をよじる。そのまま遠藤の手を逃れるように寝返りを打った。

うつぶせになって這い出ようとする昴大に、遠藤が後ろから覆いかぶさってきた。うなじに唇を寄せ、背後から回した手で、昴大のものをあやしてくる。

「や……」

「やじゃねえだろ。充分やる気になってる」

「違くて……えんちゃん……」

「ん？」

「えんちゃんにこんなことされたら……俺……」

「なんだよ」

「おかしくなる……」

「なれば？」

ボトムスごしに、後ろに猛ったものを押しつけられながら前をいじられると、ひとたまりもなかった。

「待って待って……待てって……ばっ」

「犬じゃねえし。俺相手に待てとか、通用するわけねえだろ」

懇願すればするほど逆に激しく刺激されて、昂大はいくらももたずに遠藤の手を濡らしてしまう。

「あっ……っ」

生まれて初めて人の手で、しかもずっと想いを寄せていた相手の手でもたらされる絶頂は、想像を逸していた。

「や……ぁ……」

痙攣《けいれん》したみたいに腰が震え、そんなつもりはないのに、激しく遠藤の手に自分のものをすりつけてしまう。

「エロいな……」

吐息混じりに遠藤が囁《ささや》く。

「……誰のせいだと……」

「俺？　じゃあもっと、エロいとこ見せろよ」

「あ……」

ずるりとボトムスを足から引き抜かれ、再び仰向けに返されたが、もはや抵抗する気持ちなどまったくなかった。

一度イって落ち着くどころか、かえって炎が燃え広がり、あとはもう、燃え尽きるまで炎に身を任せるほかなかった。

あたたまりきらない室内の空気が肌を粟立たせ、遠藤が覆いかぶさってくるとその体温にほっとして、自分から唇をねだった。

いつも意地の悪いことばかり言うくせに、遠藤は嘘みたいな甘いキスで昂大を酔わせた。

「……っ……ん……」

なめらかにこすれ合う舌と唇の刺激が、さらなる官能を呼ぶ。

仕事中は客の髪に絶妙な技を施す器用な指先が、昂大の身体のあらゆる場所を探り、すべてのスイッチをオンにしていく。

昂大は、感じすぎて半泣きになりながら、遠藤の広い背中に爪を立てた。自分のものになるなんて、思ってもいなかった幸福。

　こうして腕の中に抱きしめても、まだ信じられない。夢かもしれないし、一夜の勘違いかもしれない。

　だとしたら尚更忘れまいと、遠藤の身体にきつく腕を回す。

　遠藤の指に後ろを探られたときだけ、昂大は夢から我に返った。

「え、うそ、本気？」

「なにがだよ」

　耳たぶに歯を立てながら、遠藤が訊き返してくる。

「そんなこと、で……できるの、えんちゃん？」

「……ばかにしてんのかよ」

「そうじゃなくて、あの……萎えない？」

「は？」

　呆れたような顔で、見おろしてくる。

「萎えるかどうか、身をもって体感してみれば？」

「え、あ……」

　昂大のもので濡れた指先で、遠藤は後ろを攻略にかかる。

動揺と羞恥《しゅうち》で、昂大は食いしばった口元からあられもない声を洩らし続けた。

潤いが足りないから供給しろなどと言われ、すでに絶頂を極めたものをさらに刺激されて吐精させられたときには、半泣きになってしまった。

日頃の素っ気なさからは想像もつかない繊細さで、時間をかけて後ろをほぐされ、最初は怖くて及び腰だった昂大も、徐々に、前を触られるときとは違う、うずうずとじれったいような官能の沼に引きずり込まれて、もどかしくてじれったくて、知らず腰がうごめいてしまう。

「……いいか？」

受け入れ態勢を確認するように、遠藤が掠れた声で訊ねてきたときには、もうもどかしい疼《うず》きをなんとかしてほしくて、昂大の方から遠藤の身体を引き寄せていた。

しかし遠藤は素っ気なく昂大の腕を外し、昂大を自分の下で再びうつ伏せにさせる。

「……顔、見ながらがいい」

訴えながら抵抗したが、あっけなくいなされた。

「いいから下向け」

「……っなんだよ、やっぱ顔見たら萎えてできないから？」

「初めてなんだろ？　野郎の硬い股関節で正面からやったら、筋痛めるに決まってる」

「え……俺のため？」

本能を露呈し合うセックスの最中に、あの遠藤が理性で気遣いを見せてくれるという事実に、胸がきゅうっと甘くよじれる。

心で感じてしまい、うつ伏せにされてあてがわれたとたん、また頂点を極めてしまった。

昂大のものに背後から手を触れていた遠藤にもそれがバレてしまい、遠藤の動きが止まる。

「……なんでこのタイミングでイくんだよ」

「だ……だって、えんちゃんに気遣ってもらってるって思ったら……なんかぐっときちゃって……」

「……バカか？」

「だってさ、こんなこと、信じられる？　あのえんちゃんに、こんなふうに愛されまくるなんて……」

「少し黙れ」

遠藤はばつが悪そうに昂大の言葉にかぶせ、自らをぐっと押し込んできた。

「ひっ……」

指とはまったく違う質感と大きさに、思わず身体に力が入る。

「や……裂ける……」

「指が三本入ったんだから、大丈夫だろ」

「……ムリ……えんちゃんの、でっかすぎて……」

「……っ、煽ってんじゃねえよ」

「ホントにムリ……おっきい……」

「バカっ」

怒った口調で言ってから、遠藤は背後でひとつ深呼吸した。それからぐっと身を屈め、昂大の背中にのしかかってくる。

耳元に吐息がかかって、もはや身体中が性感帯と化した昂大は、ふるっと身を震わす。

耳たぶに唇をつけて、遠藤が囁いてくる。

「昂大」

名前を呼ばれて、身体中がびりびりと痺れた。

「腹立たしいけど、言っておく」

「な、なに……？」

「おまえが思っているより、ずっと、俺はおまえを必要としてる」

「…………！」

遠藤の口から言われるとは思いもしなかった言葉を耳に注ぎ込まれ、ぐにゃっと全身の力が抜ける。

その瞬間、遠藤がぐっと中に押し入ってきた。

「ああっ……！」

「……っ、ほら、入るだろ？」

「……ズルい、反則……」

痛みが生じるぎりぎりまで引きのばされたそこはしかし、しばらくすると遠藤の形に馴染んで、痛みではない感覚を拾い始める。

昂大の身体が慣れるまで、あちこちを愛撫していた遠藤は、やがて頃合いを見計らって、ゆっくりと動き始める。

「は……ぁ……あ……」

今まで味わったこともない感覚に、身体がよじれる。遠藤とひとつになって、同じ快楽を味わっているのだと思うと、気が変になりそうな絶頂感に襲われる。

「やっ……ダメ……ムリ……」

「……痛いのか？」

「ち……がう、あ……死んじゃう……」

「死なねえよ」

「死んじゃう……だって……」

「だって？」

「……えんちゃんとこんな……幸せすぎて……絶対死ぬから……」

「……マジでおまえ、俺のこと大好きだな？」

「……好き……」

「こんなとこまで、追っかけてきて」

「……だって、好きだから……」

もはや自分が何を言っているのかもわからず、昂大は、好き、好き、と譫言《うわごと》のように繰り返した。

理性が勝っているときなら、こんな甘えた声でこんなことは絶対に言えないし、うっかり言ってしまったら、遠藤にどん引きされたに違いないとびくびくするだろう。

しかし、今は繋がった場所から、遠藤が悪い気分ではないことが伝わってくる。

「……っ、そんなに締めつけたら、ちぎれるっつうの」

「ちが……えんちゃんがデカくなってるんだろっ」

隙間もないほど密着した状態で、細胞という細胞が性感帯になって、遠藤が身じろぎするたびに電気みたいに快感が走る。

「あ…あ……ゃ………っ」

「……そんな声出されたら、ヤバい、だろっ」

いつも抑揚のない遠藤の声が、珍しく上擦る。

「ふ……あ、あ……」

精一杯気遣いながらも、こらえきれないように腰を打ち付けられて、昂大は身体を震わせてもう何度目かもしれない高みに押し上げられる。

それと同時に、遠藤のものが中で爆《は》ぜたのがわかった。

「あぁ………」

絶頂感にわななきながら、昂大は少しの間幸福感の中に意識を飛ばしたのだった。

7

目が覚めると、部屋の中は昼間のように明るかった。

一瞬、今がいつでここがどこなのかわからなくなる。

顔を動かしてみると、自分のベッドだった。

なんだかものすごい夢を見た。願望に願望を塗り固めて具現化したような、淫靡《いんび》で生々しい夢を……。

暑いくらいに暖房のきいた部屋で、布団から這い出してぎょっとする。なんと全裸だった。しかも身体のあちこちに紫色のあとが点々とついている。

「え……うそ……待って……」

慌ててベッドから飛び起きると、あらぬところに違和感があって、ふらっと床にへたり込みそうになる。

「うそだろ……現実だったのか?」

呆然としながらクロゼットから下着を引っ張り出して身に着ける。リビングへ行くと、床の隅に昨日の服がざっくりまとめてあった。

デニムのポケットを探ってスマホを引っ張り出し、時間を確認して驚いた。すでに午前十時を回っている。

「マジか⁉」

さらに、画面に遠藤《えんどう》からのラインのメッセージが浮かび上がっていた。

『給料一日分減額な』

「起こせよっ！」

ツッコミを入れながら、遠藤はいつ帰ったのだったかと記憶を辿る。いつにないやさしい手つきで、身体を拭《ふ》いてもらったことをうっすらと思い出して赤面する。

遠藤がベッドに運んでくれたということか？　覚えていないとはなんたる不覚。遠藤にお姫様抱っこしてもらうことなど、もう一生ないかもしれないのに。

妄想の世界をしばしたゆたい、はっと我に返る。こんなところで余韻に浸っている場合ではない。

再度クロゼットに駆け戻って、一番手前のニットをもぎ取って頭をつっこみ、カラカラの喉に水を流し込む。

店まで走れば五分だが、下半身に違和感があってよたよたしてしまう。

店内に飛び込むと、ロットを巻き終えた客の髪に、パーマ液をかけている遠藤と、客の両方が、こちらを振り向いた。

「あら、増井《ますい》くん。今日は体調不良でお休みだって聞いたけど、大丈夫なの？」

「ご心配いただいてすみません！　大丈夫です」

客に笑顔で答えたあと、遠藤の方に視線を向ける。しかし目が合ったとたん、身体中がかあっと熱くなって、とても平静ではいられず、なにかの準備があるとでもいう体《てい》を装って、奥の控え室に駆け込んだ。

備品で埋まった二坪ほどの小部屋で呼吸を整えていると、遠藤が入ってきた。せっかく整いかけた呼吸がまた乱れる。

「休んでいいってラインしておいただろ」

遠藤が淡々と言う。

「は？　いやいや、あれをどう意訳したらそういう文脈になるんだよ」

ツッコミを入れたら、ちょっと平静を取り戻した。

遠藤が口元にわずかに笑みらしきものを浮かべる。

「元気そうじゃねえか」

「お、おう。元気いっぱいだよ」

「じゃあ、存分に働け」

「そうさせていただきます」

そわそわどきどきして、酸欠に陥《おちい》りそうで、先にフロアに戻ろうとしたら遠藤にニットの裾を引っ張られた。

「これ、見覚えがある」

「え？　……あ」

それはいつぞや、昂大《こうだい》が鼻をかんだ遠藤のセーターだった。遠藤がいらないというから貰《もら》い受《う》けたが、さすがに遠藤の前で着る勇気はなく、プライベートでこっそり愛用していた。

今朝は焦っていたので、頭が回らず着てきてしまった。

「恋人気取りか？」

揶揄《やゆ》するような目で言われて、昂大は赤面しながら開き直った。

「……悪いかよ」

「別に悪いとは言ってない」

遠藤は昂大を追い越して、出ていきかけ、ふと足を止め振り返った。

何事かと軽く見上げると、遠藤の顔がアップになって、なんのためらいもなく唇を合わせられる。

「…………っ……は？」

唖然とする昂大を残して、遠藤はさっさとフロアに出ていった。

昂大はへなへなとその場に座り込んだ。昨日こじ開けられた場所が、あやしく疼《うず》いて変な声が出そうになる。

「なにこれ……」

昨日までとは違う次元に迷い込んでしまった感覚に襲われ、なかなか立ち上がれない。

もはやまともな思考も働かない状態だったが、なんとか気合いで正気を保ち、フロアに出た。

午前中の昂大の担当の客は、遠藤がすでに予約変更の連絡をしていた。まさかこんなことで予約をずらされたなど知る由《よし》もない顧客に心の中で土下座しながら、とびこみの客と午後の予約客に誠心誠意接客をした。

夕方に何件か新たな予約の電話が入ったが、遠藤は予定外の客はすべて断り、珍しく七時には店を閉めてしまった。

「年の瀬の忙しいときに、いいのか、こんなに早く閉めて」

「だっておまえ、よろよろじゃねえか」

気遣いなのか、揶揄なのか、ずばっと言われて顔が熱くなる。

恥ずかしいので、わざとつっけんどんに返す。

「……誰のせいだって話だよ」

「おまえが、もっともっとっておねだりするからだろ?」

「し、してないしっ」

返す声が上擦る。いや、確かに自分の方が好き度が上だから、欲しがられたというより欲しがったという方が、ニュアンスとしては合っているのだろうが……。

「おい。またしょうもないこと考えてるんだろ」

遠藤に言われて、ドキッとする。

「いや、こんな時間にあがれるなら、『金木犀《きんもくせい》』に寄っていこうかな」

「この時間なら、ほかの店もやってるだろ」

「そうじゃなくて、こうなったからには、すずちゃんに早めに返事をしないと……」

昂大は遠藤を窺《うかが》い見《み》た。

「あのさ、すずちゃんには言っていいのかな? その……」

昂大が言いよどんでいると、遠藤がどこか勝ち誇ったような顔で言った。

「昨夜まぐわったこと?」

「まぐわう言うな!」

昂大は赤面して顔の前でぶんぶん手を振った。

「えんちゃんとの関係を、だよ」

「同じことじゃん」

「同じじゃねえしっ！　真面目な話だからちゃんと聞いてよ。俺は身内もいないし、この街には縁もゆかりもない人間だから、誰にどう思われてもいいけど、えんちゃんは地元なわけだし、その、こういう関係を公にしたくなかったら、俺も秘密に……痛っ！」

しゃべっている途中で、ブラシの柄でコツンと頭を叩かれて、昂大は顔をしかめた。

「人をどうしょうもない腰抜けみたいに言ってんじゃねえよ」

「そういう意味じゃないって」

「すずには俺が言う」

「え」

「昂大と昨夜まぐわ……いってぇ」

今度は昂大がシザーカバーで遠藤の尻を叩く。

「やめろって言ってるだろ！　すずちゃんには、俺が言う」

「ちゃんと俺と結婚するって言えよ」

しれっと言われて、首のうしろから変な汗が出る。

「……ホントに言うからな」

「ああ」

「じゃあ、今日は片付け頼んでもいい？」

「やだ」

「なんでだよ」

「俺も行くから」

「だからいいって」

「飯を食いに行くんだよ。だいたい、その仔鹿《こじか》みたいなへっぴり腰で、歩いていくなんて無理に決まってるだろ」

　いつにないソフトな手つきでするっと尻を撫でられて、昂大は小さく声をあげた。

「さっさと来い」

「ひっ！」

　遠藤は車のキーを手に取って、先に立って外に出ていった。

『金木犀』は、いつも来る遅い時間帯と違って活気があった。

　すずの姿は見当たらなかったが、ちょうど食事を終える頃に、アルバイトの女の子と入れ替わりで出てきて、昂大たちのテーブルにコーヒーを運んできた。

「今日は早いのね」

「俺は向こうで飲む」

遠藤はコーヒーを持って、カウンターのマスターの前へと立ち去っていった。

すずは遠藤と昂大を交互に見やり、苦笑いを浮かべた。

「もしかして、進《しん》ちゃんには珍しく気を利《き》かせてくれたのかな」

それから窺うように昂大を見つめてくる。

「昨日の返事をしに来てくれたの？」

その予定だったが、昂大は店内を見回して、自分の浅慮を反省する。遠藤とこうなったからには、一刻も早く返事をするのが最低限の誠意だと気がせいてしまったが、営業中の店で話すような内容ではない。

「仕事のあとで、時間が取れたらでいいんだ。なんなら日を改めてもいいし」

「大丈夫。ちょっとだけ待っててね」

すずはいくつかのテーブルを回ってオーダーを取り、常連客と雑談し、料理を運ぶと、エプロン姿のまま、昂大の向かいの席に滑り込んできた。

「お待たせ」

「大丈夫？」

「もうピークは過ぎてるから。だいたい常連さんだしね」

「ごめんね、仕事中に」

「平気だって」

すずはいたずらっぽい笑みを浮かべて、前に身を乗り出してきた。

「昨日はああ言ったけど、返事待ちって落ち着かないものね。やっぱりあの場で答えを聞くべきだったたって思ってたから、今日来てくれてよかったわ」

にこにこしているすずを前に、申し訳ないという気持ちが、季節と裏腹な入道雲のようにもくもくと湧きあがってくる。

昂大の表情を見て、すずは言った。

「答えはノーね？」

「……ごめんね。すずちゃんのことは、本当に素敵な人だなって思ってる」

昂大はテーブルの上でぎゅっと指を組んだ。

「でも、好きな人がいるんだ」

すずは小さな声で笑った。

「知ってるわ。彼女がいるのに横恋慕した私が悪いんだから、そんな困った顔しないで？」

「そうじゃなくて……。実は、彼女っていうのはフェイクなんだ」

「フェイク？」

「好きな人に気持ちを知られたくなくて、彼女がいるふりをしていただけで……」

すずは眉根を寄せ、目をしばたたいた。

「ごめん、なにを言ってるのか意味がよくわからないんだけど、好きな人ってどういうこと？」

昴大は説明する言葉に詰まり、カウンターでマスターとチェスをしている遠藤の背中にちらりと視線を泳がせた。

すずはその視線を追い、再びゆっくりと昴大の顔に視線を戻す。それから腰を浮かし、店の外まで聞こえるような大声で「え⁉」と声を裏返した。

店内の雑談が一瞬止まる。

すずは周囲を見回し、口を手で押さえて、座り直した。

「え？　本当に？　本気で？」

「……うん」

「なにそれ」

ため息交じりにすずが言う。

好きな相手が同性ということが理解不能なのだと思って、冷や汗を浮かべていると、すずは眉尻を下げてぼやいた。

「なによそれ。相手が進ちゃんだったら、遠距離の彼女以上にかないっこないわ」

昂大はすずのぼやきの意味を、頭の中で分析する。つまり、恋愛対象が女子ならまだしも、男だと言われたらもう無理だということだろうか。

昂大の顔に浮かんだ「?」の表情を読み取ったように、すずは笑う。

「だって、進ちゃんって増井くんのこと大好きでしょ?」

「え?」

「見てればわかるわよ。おとといだって、増井くんがここから歩いて帰るって、進ちゃんに黙って出ていったのを見て、慌てて追いかけていったし」

「あれは、俺がお金を払い忘れたせいで……」

すずはいたずらっぽい表情で昂大を見つめてくる。

「違うでしょ。進ちゃんって口は悪いけど面倒見はいいから」

「それは……」

「それで増井くんも進ちゃんのことが好きなら、私のつけ入る隙なんか一ミリもないってことよね」

「ええと、あの……」

昂大は混乱してこめかみを押さえた。結果としては、まあその通りなのだが、すずが遠藤の気持ちをそんなふうに思っていたのは、あまりにも意外だった。

「えんちゃんは別にそんな……」

「告白した？」

「あ……うん、なりゆきで」

「進ちゃんはなんて？」

「えと……まあＯＫ的な？」

「ほら、やっぱりそうでしょう？」

ほら、やっぱり、と言われるような気配を遠藤からまったく感じ取れていなかった自分は、よほどの鈍感なのだろうか？

「……えんちゃんが男でもいけるタイプって知ってたの？」

「知らなかったけど、男とか女とかを超越して増井くんのことは特別なんだろうなとは思ってたわ。だって、こんなところまで連れてくるくらいだし」

「俺が強引についてきたんだよ」

すずは唇を尖《とが》らせた。

「今振ったばかりの女の前でのろけるの？」

「そうじゃなくて……」

「進ちゃんは、自分にその気がなかったら、断っていたと思うよ？　嫌なものは嫌ってはっきり言う人だから」

それは確かにその通りなのだが、いざとなると自分にうまくあてはめられない。

だがまあ、自分のことはこのあと一人でよく考えればいい。

昂大は改めてすずに頭を下げた。

「本当にごめんね」

「もういいってば。私も打算的なところはあったしね」

すずはかわいいネイルが施された爪先をテーブルについて、秘密を打ち明けるように昂大の方に身を乗り出してきた。

「増井くんに好意を持ってたのは本当よ。でも、恋愛感情っていうより、一緒に仕事をしていくパートナーとしてうってつけの人材だなっていう意味の好意だった。いっつも笑顔で、接客上手で、こんなに客商売向きな人いないなって、初めて会ったときから思ってたの」

「いやいや、そんな」

「そこに、遠恋の彼女の話がスパイスになって。私、悪女の素質があるのかな。人のものだと思ったら、なんだか恋愛スイッチもちょっと入っちゃって」

「人のものがなんだって？」

頭上から低い声が降ってきて、昂大とすずは二人でパッと顔をあげた。

いつの間にか戻ってきた遠藤が、昂大の隣に座ってくる。

「人のものだと思うと、つい欲しくなるって話よ」

「やらねえし」

しれっと遠藤が言った。ぱっと顔が熱くなる。

「な……なにを」

オタオタする昂大をよそに、すずがからかう。

「そんな独占欲があるなら、今までだって存分に発揮すればよかったのに。あ、もしかして進ちゃんも、フェイクの彼女の存在を信じてた？」

遠藤は昂大をじろっとねめつけてきた。

「あんなわざとらしい嘘、信じるわけないだろ」

「え、バレてた？」

「あたりまえだ」

「なにそれ。言ってくれればあんなに悩まずにすんだのに」

「どうせもう俺の手の中だし、おまえの気持ちが決まるのを待ってたんだよ。強引なことはしたくなかったし」

にわかに自分の一人芝居が恥ずかしくなって、昴大は悔し紛れに言い返した。

「昨夜は強引だったじゃん」

「ようやく念願叶ったんだから、強引にもなるだろ」

しれっと言い返されて、一気に顔に血がのぼる。

「もうヤダ、この人たち」

すずが爆笑しながら席を立った。

「とにかくもう、そういうことだとわかったら、私はおとなしく身を引くわ。どうぞお幸せに」

「言われるまでもない」

「えんちゃんってばっ……」

突然のデレ期にオロオロして遠藤を小突いたが、

「うわ、イチャイチャ、目の毒」

すずは失笑しながら席を離れていった。

「ちゃんと言ったようだな」

「まあ、なんとか」

「すずはなんて？」

「……恋愛感情というよりは、仕事のパートナーとしての興味の方が強かったから、気にするなって」

「そりゃよかった」

「そんなあっさり真に受けていいのかな……」

「なんだよ。ホントはおまえのことが大好きだけど、波風立てないためにそういう言い方にしたとでも？」

「……まあ、なんていうか、そういう感じ？」

「うぬぼれ強いな」

「言い方！　ていうかすずちゃん、一刻も早く独立して、お父さんを安心させたかったんじゃないかな」

「なんの話だ」

「昨日、お店を閉めて病院に行くって言ってたから」

「血圧の常用薬が切れるから、貰いに行ったらしい」

「え」

そんなことかと拍子抜けする。なにもかも昂大の思い込みの産物だったようだ。

勘違いを恥じ入っていると、遠藤が揶揄するように言った。

「せっかくなら、もっと違う方面でうぬぼれれば？」

「違うって、どういう方面で?」

「たとえば、昨日の今日で、またやりたいと思われてるなんて、俺って愛されてんな、とか?」

一気に顔が熱くなるのを感じて、昂大は口をパクパクさせた。

遠藤が胡乱《うろん》げな視線を向けてくる。

「調子狂うから、いつもの調子でツッコんでこいよ」

「え、あ、ご、ごめん」

遠藤のデレに慣れていないため、たとえ冗談だろうとうまく切り返せず、テンパりまくってしまう。

「いや、あの、もしえんちゃんが本当にそう思ってくれてるなら、ケツなんか壊れてもいいかなって、ちょっと思った……」

珍しく遠藤が軽く噴き出した。

「さすがに今日はやめておく。年末の忙しいときに寝込まれてもうぜえし」

「え、そっち? 俺の身体の心配は?」

ようやくツッコミどころを見つけて、表面上はなんとかいつもの自分を取り戻したものの、胸のソワソワ感はなかなか収まらなかった。

8

年末までの数日は目が回るような忙しさだったが、大晦日《おおみそか》は予約を五時までで締めてあり、七時には仕事が終わった。

「今日、寄っていけ」

後片付けをしながら遠藤《えんどう》に言われて、昂大《こうだい》の心臓は大きく跳ね上がった。

控え室や車の中で不意にキスされたりということは何度かあって、そのたびに遠藤との新しい関係を再認識してどきどきそわそわしていたが、家に誘われるのは初めてだった。

「今、エロいこと考えただろ」

遠藤に人の悪い声音で図星を指され、昂大はヘアクリップを床に取り落とした。

「考えてないよ！」

「期待を違《たが》えて悪いが」

「期待とか言うなっ」

「寄るのは実家だから」

「え」

一度拾ったクリップを、また落としてしまい、昂大は慌てて腰を屈《かが》めて拾い直した。

今まではなんだかんだと理由をつけて実家への誘いを断っていたが、一方的な恋慕ではなかったことが判明したからには、きちんと向き合わなくてはいけない。

遠藤の父親のことは好きだ。遠藤とは全然違うフレンドリーな性格で、話していてもとても楽しいし、叶うならばもっと親しいつきあいをしたいと思っている。

しかし、息子の恋人が男という事実を受け入れてもらえるだろうか。

「一緒に年越ししたいらしい。乗り気じゃなさそうだな」

昂大は慌てて顔の前で手を振った。

「そんなことないよ。お父さんのこと大好きだし」

遠藤は疑わしげな視線を向けてくる。

「とってつけたようなセリフ」

「ホントだって。いっそ、えんちゃんより好きなくらい」

「ふざけんなよ」

「マジで。ただ、すごく申し訳なくて……。お母さんが亡くなったショックも癒えてないところに、息子が男とつきあってるなんて知ったら、お父さん、人生に絶望しちゃわないかな」

「じゃあ、言わなきゃいいだろ」

「そうはいかないよ。この先ずっとえんちゃんと生きていくのに、お父さんに黙ってるなんてダメだよ」

「じゃあ言えば？」

「だけど……」

「うぜえ。おまえが行かないなら俺もやめとく」

デニムの尻ポケットからスマホを取り出した遠藤に、昂大は慌てて縋《すが》りついた。

「そんなのダメ！」

「なんで？　お望み通り、俺の部屋でたっぷりエロいことしてやるのに」

昂大は赤面しながらぶんぶん首を振った。

「行く、行くから！」

「まだ何もしてないけど？」

「そっちのイくじゃないからっ！　一緒にお父さんのところに行くって言ってるの！」

遠藤の父親に合わせる顔がないのも事実だが、せっかくの誘いを二人して断るなんて絶対にできない。

そそくさと店の片付けを済ませると、遠藤の車に乗り込み、途中のコンビニで手土産のビールを買って実家に向かった。

心の準備をする前に、あっという間に実家に着いてしまった。

大晦日の外気は凍り付くように冷たかったが、実家はあたたかすぎるくらいに暖房が効いていて、父親が満面の笑顔で迎えてくれた。

「やあ、増井《ますい》くん。今年は来てくれて嬉しいよ」

そう言われて、そういえば去年の大晦日も声をかけてもらいながら、東京で彼女と過ごすと言い訳して断ったことを思い出した。

「お誘いありがとうございます。すみません、コンビニのビールしかなくて」

「いやいや、わざわざありがとう。まあ座って」

座卓の卓上コンロには、土鍋がかかっていて、父親が布巾で蓋《ふた》をつまんで開けると、湯気と共にたっぷりのおでんが顔を出した。

「うわぁ、おいしそうですね！」

「うちでは昔から大晦日はおでんって決まっていてね。いつも僕の担当なんだよ」

「そうなんですね」

「家内は大晦日も忙しかったからね。着付けができるから重宝されて、初詣《はつもうで》に着物で行きたいっていうお客さんが今でも結構いてね」

「確かに。最近は着付けのできる美容師って少ないですよね」

「そうだよね。家内は着付けの大会で賞を取ったこともあるんだよ。あ、テレビは紅白でいい？　なにか観たいものある？」

「いえ、ぜひ紅白で」

「やっぱりいいね、賑やかな大晦日って。家内がいる頃は、友達もしょっちゅう遊びに来ててね。家内は明るくて社交的だったから。それなのにどうして進太郎《しんたろう》みたいな無愛想な息子ができたのかなぁ」

当の遠藤は、我関せずといった顔で卵を口に放り込んでいる。

父親はメガネを曇らせながら、おでんを皿に取り分けてくれた。

「増井くん、苦手なものはない？　ちくわぶは大丈夫？」

「大好きです」

「あ、ホント？　家内もこれが好物でね。……いけない、また家内の話ばかりしてるな」

きまり悪そうに笑う父親に、昂大はかぶりを振ってみせた。

「素敵です。うちの両親は本当に仲が悪かったので、お父さんのお話、すごく楽しいです」

「やさしいねえ、増井くんは」

「いえ、そんな。あ、ちくわぶ、お出汁《だし》を吸っててすごくおいしいです」

「それはよかった」

おでんと紅白で過ごす夜は、とても楽しかった。好きな歌手の話で盛り上がったり、演出にコメントしあったり。手綱《たづな》こんにゃくの作り方を新聞の切れ端を使って教えてもらったり。

遠藤との関係に対する申し訳なさを除けば、遠藤の父親は実に気さくで話しやすく、居心地のいい相手だった。

大御所演歌歌手の出番に突拍子もない演出が入って、父親と昂大が笑い転げていると、畳に寝そべって新聞を読んでいた遠藤が、ぼそっと言った。

「笑いの沸点が低すぎだろ」

それでふと、そういえばここに着いてから遠藤が言葉を発したのはこれが初めてだなと思う。

最近、昂大と二人のときには意外としゃべるなと気付いたが、遠藤は基本無口で、特に父親の前ではいつもこんな感じで静かだ。

仲が悪いわけではなく、むしろ気の置けない関係だからこそ無言でいられるのだろうし、遠藤がなにもしゃべらなくても、気まずさを感じることもない。

昂大は会うことが叶わなかったが、母親が存命中の家族の様子も想像できる。きっと、両親が絶え間なく楽しげに話すのを、遠藤はこんなふうに参加するでもなく、不機嫌になるでもなく、空気のように聞いていたのだろう。

どうやら父親も、今のひとことでこれまでの遠藤の沈黙に気付いたようで、昂大に向かって苦笑いを浮かべる。

「会社の女性たちがね、盆暮れに夫の実家に帰省すると、夫は日がな一日ごろごろしてて、義両親との会話の仲介にも入ってくれないし、ストレスが溜まるばっかりだってよく愚痴ってるけど、まさにこんな感じなんだろうね」

唐突なたとえ話に昂大が笑っていると、父親はにこにこしながら言った。

「悪いね、無愛想な息子で」

「いえいえ」

「これからも末長くよろしくね」

「こちらこそです」

仕事のうえでのことを言っているのだろうが、うしろめたくて胸が痛む。いつかは本当のことを話さなくてはと思っていると、

「新婚旅行はどうするの?」

いたって平然とした様子で、父親は訊ねてきた。

「……新婚……旅行?」

果たして、なんの話だろう。テレビの中でタレントの電撃婚でも発表されたのだろうか。

画面に視線を向けると、大所帯の女性アイドルグループが、スカートをひらひらさせながら歌い踊っている。

再び視線を父親に戻すと、にこにこしながら返事を待っている顔だ。

「えと……新婚旅行？」

「うん」

「どなたの？」

「もちろんきみたちの」

「僕たち……」

たち、というからには自分だけではなく……。

状況を把握するのに十秒ほどかかった。

「え？　あ……え？　え？　あの……」

「進太郎から聞いたよ。つきあってるんだってね」

「親父《おやじ》」

寝そべっていた遠藤が首を起こして父親を一瞥《いちべつ》する。

「その話はもう少し待てって言っただろ」

まさか、遠藤はすでに自分たちの関係を話していたということか？

「あ、そうだったね。だけど別にいいじゃないか。素敵な話なんだし」

昴大は動揺しながら箸を置き、慌てて正座した。

「すみません、きちんと僕の口からご挨拶すべきところを……」

「いやいや、そんなかしこまらないで」

「いえ、話すべきことを話しもせずに、うっかりおでんをご馳走になってしまって」

「だからいいんだって」

「本当にすみません」

「だから」

「息子さんの相手が、僕なんかで、本当に申し訳ないです……」

「どうして？　増井くんみたいないい子がパートナーになってくれるなんて、とても嬉しいよ」

思いもよらない好意的な言葉を貰《もら》って、逆に動揺してしまう。

こんなに平然と話しているなんて、もしかしてパートナーというのはやはり仕事上の関係を指しているのではないか？

いやしかし、さっきは新婚旅行って……。

「その……僕は男ですし、気を悪くされるんじゃないかと思っていました」

父親はメガネの奥の目を丸くした。

「息子を好きでいてくれる人に、気を悪くする理由がどこにあるんだい？」

心底不思議そうな顔をされて、不覚にも涙腺がゆるみそうになる。

「ありがとうございます」

声が変なふうに震えてしまい、それに気付いた遠藤が起き上がって不機嫌な顔になる。

「なに泣かせてるんだよ」

「ごめんごめん、そんなつもりはなかったんだけど。同じ男の子でも、おまえと違って増井くんは繊細だな」

「俺はがさつで愚鈍だとでも？」

「そうは言ってないけど、増井くんはおまえと違ってかわいいって話だ」

「気安くかわいいとか言ってんじゃねえよ」

「いいだろ、もう息子みたいなものなんだから」

親子のやりとりに笑いながらも、さらに涙腺が危うくなってしまう。

「ありがとうございます。僕も本当のお父さんだと思っていいですか？　ぜひ、介護は僕にさせてください」

父親は噴き出した。

「ありがたいけど、まだ五十代だから、しばらくは大丈夫だよ」

「あ……すみません」

「いやいや、気持ちは嬉しいよ。まずはとにかく、息子をよろしく。面倒くさい子だけど、末長く仲良くしてやってね」

「面倒くさいのは昂大の方だけどな」

遠藤が仏頂面《ぶっちょうづら》で茶々を入れてくる。なんとなく、もしかしたら照れ隠しなのかなという雰囲気だった。

幸せなのに泣きそうになるというのは生まれて初めての経験で、涙をこらえるのにとても苦労した。

紅白のあと、三人で近くの神社に年越し詣に行くことになった。

聞けば遠藤家の毎年の習わしだという。除夜の鐘を聞きながら人気《ひとけ》のない夜道を歩いていくと、神社に近づくにつれ、どこからともなく人影が増え、真夜中の境内には初詣のための長い列ができていた。

おそらく、遠藤一人だったら、こんな長い列には並ばないだろう。昂大と二人でも、引き返していた気がする。でも父親と三人だと、ごく自然に並んでしまった。きっと子供の頃の遠藤も、両親と三人であたりまえのように、ここに並んでいたのだろう。

「甘酒を買ってくるから、並んでおいてくれる？」

言い置いて、父親は立ち並ぶ出店の方に歩いていった。

深夜の空気は、想像以上に凍《い》てついていた。

アパートと職場は目と鼻の先なので、ちゃんとしたコートを着てこなかった昂大は、マフラーに顎《あご》を埋《うず》めた。凍ってしまいそうな寒さだったが、せっかく家族行事に参加させてもらっているのに、寒さを訴えて水を差したくはなかった。

「賑やかだね。この街にこんなに人がいたのかってくらい」

「ヤンキーの集いの場でもあるしな」

ぼそっと言って遠藤は、昂大のマフラーを引き抜いた。

「うわ、寒っ！」

身を縮める昂大をよそに、遠藤はそれを悠長に自分の首に巻き付ける。

「ひどすぎじゃね？　悪魔かよ」

「うるせえな。これでも着てろよ」

遠藤は自分のダウンジャケットを無造作に脱いで、昂大にバサッと着せかけてきた。

「え、いいの？」

「さっさと着ろ」

「えんちゃん、寒くない？」

「寒いに決まってるだろ」

「イテッ」

足を踏まれて苦笑いしつつ、昴大は遠藤のダウンジャケットに身体を滑り込ませた。遠藤の体温が、身体と、心と、両方をあたためていく。

一時間ほど並んでお参りを終えたあと、実家まで戻り、玄関で父親に見送られて帰途についた。

「初詣、楽しかったね」

「寒かったの間違えだろ」

「寒くなかったよ。えんちゃんのぬくもりに包まれてたから」

「気持ち悪い」

「なんでだよ。せっかくロマンチックな雰囲気になるところなのに」

「じゃあ返せ」

「だからなんで？」

相変わらずのつれない態度。でもそれがほっとするし、そんなところが大好きだと思う自分はドMなのだろうか。

送ってくれるのかと思っていたら、車は遠藤のマンションの駐車場に滑り込んだ。

「え、まさかここから歩いて帰れと？」

「そうしたいならすれば？」

「いや、さすがにそこまでドMじゃないかも」

遠藤は車を降りると無言でエレベーターへと歩いていく。

背中を見つめながら立ち尽くしていると、遠藤が振り向いた。

「さっさと来い」

「あ、うん」

小走りで追いつき、ちょうど開いたエレベーターに二人で乗り込む。

遠藤の部屋にあがるのは、この街に越してきた最初の日以来だ。

四階でエレベーターが止まり、扉が開く。静かな廊下に、二人分の足音が反響する。

遠藤の部屋にお呼ばれってことはもしかして……？

部屋のドアを開けながら遠藤が振り返る。昂大の表情を見て何か言いかけたので、ツッコまれる前に言った。

「断じて、エロいことなんて考えてません」

遠藤は無言で一瞥をよこし、やおら昂大の腕を摑むと玄関に引き入れた。

閉まった扉に昂大の背中を押しつけ、ぐっと距離を詰めてくる。

「俺はすげえ考えてたけど？」

不遜な呟きが吐息となって昂大のまつ毛を震わせ、一瞬後には唇を塞がれていた。

「ん……っ」

触れ合った唇は冷たく、探り合う舌は焼けるように熱かった。

「……ぁ……っ……ん」

まるでさっきのエレベーターが止まった瞬間のように、身体が浮遊感に包まれる。

キスはひどく官能的で、昂大は背中をドアに預けたまま、腰が抜けそうだった。

唇が離れる濡れた音が、静かな室内に淫靡《いんび》に響いた。

「ま……マジでエロすぎ……」

「は？　まだなにもしてないだろ」

これでなにもしてないって？

これから起こることを想像して、ぞくりとする。

人生は、比較的平和なときですら、なにかしら些細な心配事で溢れている。翌日の仕事の段取り。疼《うず》きだしそうな虫歯。誰かとのちょっとした諍《いさか》い。蛇口の水漏れ。

でも、ふとすべての憂いが晴れて、多幸感だけが訪れる一瞬というのが、ごくたまにある。

昂大にとって、今が、まさにその瞬間だった。

ずっとうしろめたさを感じていた遠藤の父親から祝福を貰い、明日からは正月休みで、恋人からは熱烈に求められている。

誰かに申し訳なく思う必要もないし、明日の仕事のためになにかをセーブする必要もない。

怖いくらいの幸福感と解放感に満たされた昂大は、ダウンジャケットを壁のフックにかけている遠藤に自ら身体を寄せ、キスをねだった。

遠藤は軽く求めに応じ、それから昂大の頬を両手で押さえて引き剝がした。

「おまえ、顔冷たい。シャワーであたためてこい」

「シャワーってむしろ冷えるじゃん。お湯張ってもいい？」

「ダメだ」

「ケチかよ」

遠藤はじろりと睨《にら》んできた。

「そんなに待てるかって話」

一瞬考えて、遠藤がなにを待てないのかに思い至ると、一気に顔が熱くなった。

「……シャワーお借りします」

素直に身体の向きを変えて、浴室と思《おぼ》しきドアに突入した。

「ヤバい……」

初詣の寒さで、酔いなんてもうすっかり醒めていると思っていたのに、まるで酩酊状態のようにふわふわする。

職場と同様にきっちりとタオルが収納された脱衣所で服を脱ぎ、頭からシャワーを浴びた。

冷え切った浴室の床の冷たさに肌が粟立ち、熱い湯をかぶってもすぐには身体はあたたまらなかったが、もうそんなことはどうでもよかった。

今の気持ちを強《し》いてなにかに例えるなら、修学旅行の前日だろうか。とてつもなくそわそわわくわくして、でもそこはかとない覚束《おぼつか》なさもあって、神経が張りつめて、居ても立ってもいられない。

突然浴室のドアが開く音に、心臓が飛び出しそうになる。

空気が動いたせいで、あたたまりかけていた身体にまたざっと鳥肌が立つ。

冷気と一緒に、裸の遠藤が入ってきた。

「えっ、わ、なになに、マジで修学旅行⁉」

「待ってる時間がもったいない」

遠藤は当然だと言わんばかりにシャワーの射程内に割り込んでくる。

男二人にはいささか狭い空間で、身体が触れ合う。

「さっさと洗え」

遠藤はボディソープを手に取って、昂大の身体になすりつけてくる。

「ひゃっ……」

思わず変な声が出た。同じ行為でも、自分でするのと人にされるのではまったく別のものになってしまう。

「サカりすぎ」

「うるさ……やっ……」

「うるさいのはおまえだろ」

「えんちゃんが、ぬるぬるするからっ」

「その言い方やめろ、バカ」

お互いの身体になすりつけたボディーソープを雑に洗い流し、二人でもつれるように浴室を出た。

バスタオルで身体を拭《ふ》くのももどかしく、遠藤のベッドへとなだれ込む。

自分のものとは違う柔軟剤と遠藤の匂いに包まれると、幸福感で昇天しそうになる。

「待って待って！」

覆いかぶさってきた遠藤を、全力で押し返す。

「今日は俺がしてもいい？」

遠藤は眉間《みけん》に皺《しわ》を寄せた。

「いいわけないだろ」

「違う、そういう意味じゃなくて」

まだ疑わしそうにしている遠藤の下で身を起こし、逆に遠藤を仰向けに押し倒す。

胸板から腹筋を手のひらで辿り、すでにたかぶっているものを両手で包み込んだ。

ベッドに肘をついて上半身を起こし、遠藤はじっと昂大のすることを見ていた。

逞《たくま》しいものを何度か手で愛おしんでから、身を屈めて舌を這わせた。

昂大からは遠藤が見えないけれど、見つめられている気配は伝わってくる。

能動的に求める行為は、受身でされる行為とはまた違う恥ずかしさと緊張があった。そして、興奮の種類もまた違った。

「ん……」

昂大は我を忘れて舌を動かした。

舌と口腔の刺激で、遠藤の興奮がさらに大きさと硬さを増すのが、誇らしい喜びに感じられた。

こんな行為を許されている自分。自分の愛撫に感じてくれている遠藤。

その思いだけで、指一本触れられていない昂大の身体は、今にも弾けそうにたかぶってしまう。

「…………っ」

遠藤が唇を噛みしめる気配に、昴大の方が絶頂を極めそうになる。

「……もういいから、離せ」

額を軽く押されて、昴大はいやいやをするように小さく首を振った。

「や……もっと……」

離されまいと強く舌を絡め、吸い上げる。

「おい……」

遠藤が達しそうなのを感じ取って、さらに舌と唇に熱を込める。

「ばか、やめ……っ」

珍しく呼吸を乱す遠藤に、ひどく興奮する。

放出の寸前で、遠藤に顔を引き剝がされたせいで、白濁は昴大の顔を汚した。

「ひゃっ」

「……離せって言っただろ」

遠藤が怒ったようにティッシュを渡してくる。

「やった、勝った」

至福に酔いしれながら呟くと、遠藤がプツッとなにかキレたような顔になった。

「ふざけんなよ」

「え？　あ、うわっ」

あっという間に身体を入れ替えられて、のしかかってきた遠藤に、両膝を割られる。

仕返しとばかりに咥《くわ》えられて、昂大はジタバタと身をひねった。

「待って、ストップストップ！　俺はそういうのいいからっ！　恥ずかしいから！」

「うるせえ」

「あっ……」

両膝をがっちり固定され、有無を言わせぬ勢いで遠藤の口腔に含まれてしまう。

「や、バカっ、俺はいいって……あ……っ」

すでに感じやすくたかぶっていた身体は、遠藤にされているという事実だけで、もう耐えられなかった、舌を這わされたとたん、あっけなく絶頂を極めてしまう。

「あ、あ……、あ……っ」

震えてせりあがる腰は遠藤に押さえ込まれ、放ったものはすべて舐《な》めとられてしまった。

「どう見ても俺の勝ちだろ？」

口元を拭《ぬぐ》いながら、遠藤が不遜に言い放つ。

「……ずるい」

「なにがだよ」

「……死ぬほど好きな相手にそんなことされたら、瞬殺に決まってるじゃん！　イテッ、なにするんだよ！」

唇をつまみあげられて、ジタバタしながら訴える。

「やり殺されたくなかったら、少し黙ってろ」

なにを怒ってるんだよと思ったが、一瞬後、もしかして照れているのかと気付く。

伝染して昂大が赤面していると、遠藤は引き出しから透明な液体が入ったボトルを取り出した。

「……えんちゃん、準備いい」

「さっさとやるためだ。この間はほぐすのに時間がかかりすぎた」

「さっさとってなんだよ。やっつけ仕事みたく言うなよ。っていうかそれ、いつも用意してるの？　誰かに使ったやつ？」

「未開封だ」

「え、俺のために買ってくれたの？」

遠藤は面倒くさそうな目で昂大を見おろしてきた。

「……マジうるさい」

「だって」

「さっさとやらせろって言ってんの」

「だからやっつけ仕事みたく……」

「早くおまえの中に入りたくて我慢できないって言ってんだよ！」

「あ……」

意図を理解し、昂大はじわっと赤くなる。

普通のことも、遠藤に言われるとものすごくクる。

遠藤はとろみのある液体を手に垂らし、それを昂大のうしろに塗り込めてきた。

「ひっ」

生まれて初めてのローションの感触に、昂大は身を竦《すく》ませた。

「待って待って」

「……んだよ」

「さっき風呂でも思ったけど、俺、ぬるぬるする感じ、苦手。なんかひょえってなっちゃって」

「気持ちいいだろ」

「そうじゃなくて、なんかぞくぞくゾワゾワして、鳥肌が立ってくる」

「その状態を感じてるっていうんだよ」

「え、でもなんか逃げ出したくなる感じ」

「だからそれをイイっていうんだろ」

遠藤はぬめりをまとった手を、昂大の前にも這わせてきた。

「ひゃっ」

滑らかに扱《しご》かれて、さっき放ったものがあっという間に力を取り戻していく。

「ほら、感じてる」

「やっ、それやっぱやだ、ぬるぬる」

「やじゃねえよ」

「だって、ムズムズして、正気を失いそう……」

「失っとけ」

もううるさいとばかりに、キスで口を塞がれる。

さっきお互いのものを含んだ口……と一瞬思ったが、引くよりも逆に興奮して、舌を絡められると、口の中がいやらしい器官になったみたいに敏感になった。

「……ん……っ……ぁ……」

滑らかなぬめりをまとった指は、いとも簡単に昂大の奥をゆるませていく。二度目だし、心の解放感も大きくて、最初のときよりもずっと早く、遠藤を受け入れる形に馴染《なじ》んでいく。

唇を解放すると、遠藤は昂大の身体を裏返しにかかる。昂大は頑《かたく》なに抵抗し、向き合ったまま遠藤の背中に手を回した。

「今日はこっちがいい」

「厚かましい」

「正常位でしたいって言って、厚かましい呼ばわりされるの、世界でも俺くらいだと思う」

「初心者のくせに、わがままなんだよ」

「だって、えんちゃんのいくときの顔見たい」

「変態」

「普通だろ」

「どうせ俺がいく前に、前後不覚になってるくせに」

「な、ならないし」

「おまえがこっちがいいって言ったんだから、ダメとか無理とか言うなよ?」

威圧するように言いながら、遠藤は昂大の膝をぐっと折り畳み、切っ先をあてがってきた。

注ぎ足されたローションのおかげで、容易《たやす》く遠藤のものが入り込んでくる。

「あ……」

昂大はたまらず身をよじった。

下から見上げる遠藤の顔が快感をこらえるようにわずかに歪むのを見て、身体中が熱くなる。

「えんちゃん……」

「なに？　痛い？」

「ちがう……気持ちいい。すごい幸せ」

遠藤の表情がふわっとやわらかくなる。

「……なによりだな」

「えんちゃんも気持ちいい？」

「……少し黙ってろ」

「無理。しゃべってないと、正気を失いそう」

「だから失っとけって言ってるだろ」

こんなときでも甘い言葉を口にしないところが、遠藤らしくて好きだと思う。

じわじわと腰を動かされると、さざ波のように快感が広がって、自分のものとも思えない甘ったるい声がこぼれ出てしまう。

さすがに遠藤にドン引かれると思い、両手で口を塞いだら、その手を引き剝がされた。

「声を出すとこと黙るところの解釈が、不一致すぎる」

「は？　なに言って……あ、あ……ん、や、そこ、ヤバい……」

あまりの快感にぎゅっと目をつぶって身悶《みもだ》えていると、突然興奮の先端に冷たい衝撃を覚えた。

「わっ、なに⁉」

驚いて目を開けると、遠藤が昂大のものにボトルの中身を垂らしている。

「なにして……やぁ……っ」

てらてらとぬめりをまとわされたものを、遠藤が指で扱きあげてくる。すぎた快感に昂大は目を剝いて、ジタバタと身をよじった。

「やっ、ちょっ、待って、ダメ、無理無理、やぁ……」

「ダメとか無理とか言わない約束だろ」

「だって、前もとか、反則……あっ……」

「自業自得だ」

口ではひどいことを言いながら、昂大をたかぶらせる仕草は繊細で甘い。

「あっあ……ゃ……」

うしろを突かれながら前で立て続けにいかされた昂大は、結局遠藤の予言通り、最後は前後不覚でまた意識を手放してしまったのだった。


目が覚めると、また部屋の中は明るくなっていた。

「ヤバ、遅刻!」

ガバッと起き上がったら、隣からうなるような声がした。

「朝からうるせえよ」

「あ……」

首を巡らせると、遠藤が眩しげに寝返りを打つところだった。

そうだ、今日は元日で、仕事は休み。

「またもぬけの殻じゃなくてよかった」

昂大は遠藤の背中にすりすりとのしかかった。

「生きててよかった」

しみじみ言うと、

「重い」

物理的な意味か心理的な意味かわからないが、遠藤は呟き、昂大を掛布団ごとはねのけて起き上がった。

「つれないなぁ」

「うるせえ。コーヒーを淹《い》れるんだよ」

「あ、俺も飲みたい」

あとを追いかけようとベッドから床に下り立ったものの、先刻までの情事の余韻か、股関節ががくがくして転倒しそうになり、咄嗟《とっさ》に腕を出してくれた遠藤の胸の中へと倒れ込む。

恋愛マンガなら胸キュンなシチュエーションのはずで、昂大も思わずキュンとなりかけたが、

「エロい体位をせがむから、股関節やらかしたんだろ」

見下げ果てたように言われて、ときめきとは違う次元で赤面する。

「いちばん正しい体位をエロいとか言うな！」

「エロいだろ。つか体位って時点で全部エロだろ」

確かにその通り……などと納得していたら、パチンと尻を叩かれた。

「朝から全裸うぜえ。さっさと着ろよ」

昂大は視線を巡らせた。

「服……昨日浴室に脱ぎ捨てたままだった」

「そこの白い引き出しから、適当に引っ張り出して着ろ」

言い置いて、遠藤はさっさと出ていってしまう。

お言葉に甘えて、引き出しから、ボクサーパンツとボーダーのTシャツを拝借した。ボクサーパンツはパッケージに入った新品のものを使わせてもらうべきか悩んだが、結局そうでないものを借り、彼パンツにしばしほっこりする。

トイレに行って、洗面所の鏡を覗くと、乾かさずに寝たせいで髪の毛は爆発しているし、顔に

はシーツのパイル地のあとがくっきりついている。

いろいろひどすぎるけれど、我ながらなんて幸せそうな顔なのだろう。

ぼーっと鏡を眺めていたら、コーヒーの香りが漂ってきた。

「いい匂い」

ふらふらとリビングに入っていくと遠藤がこちらに一瞥をよこした。

「下」

ひとこと指摘されて、やべ、と少々慌てる。

「いや、新品を開封させていただくのも申し訳ないかと思って」

遠藤が穿《は》いたものの方がより好ましいなどという軽口は、さすがに元日の朝日の下では叩きづらい。

「服着ろって言ってんだよ」

しかしどうやら、遠藤の指摘はそこではなく、下着姿というところらしい。

「でも、暖房効いてて寒くないし」

「そういう意味じゃねえよ」

「えんちゃんだってパンイチじゃん」

「自分の家でどんな格好しようが、自由だろ」

そう言われれば確かにその通りなのだが。

この流れで、俺の家なんだからコーヒーも俺だけ飲むと言われても驚かないぞと思ったが、遠藤は二つのカップにコーヒーを注いだうえに「砂糖は？」とまで訊いてくれた。

「あ、お願いします。コーヒーホワイトも」

「ねえよ」

そう言いながら、冷蔵庫から牛乳を出して、垂らしてくれた。

ダイニングテーブルで向かい合うと、なんとなくくすぐったい。

「へんな感じ」

「なにが？」

「考えてみればデートもしたことないのに、こんなことになってるし」

「デート」

意味不明な単語だとでも言うように、遠藤が口の中で呟く。

「まあ、えんちゃんそういうの好きじゃなさそうだし、休みも合わなかったしね」

「なんで俺のせいみたいな話になってるんだよ」

「え？」

「こっちに来てから、おまえ休みのたびに女と会うとか友達と会うとか、聞いてもいないのに忙しいアピールしてたじゃねえか」

「あ……」

言われてみれば確かにそうだった。

「まあ、おそらく作り話だとは思ってたけど」

「ていうか、えんちゃんこそ俺と遊ぶ気なんか全然なかっただろ。前の職場は休みが合わなかったのもあるけど、年末年始の一緒に休めるときだってさ」

自分から誘う勇気はなかったことを棚に上げてごねてみせると、遠藤は淡々と言った。

「休みはほぼ帰省してたんだよ。母親の店を手伝ってたから」

「そうなの⁉」

昂大は目を瞠《みは》った。

「……知り合ってから八年も経つのに、そんなことも知らなかったなんて」

「別に知ってたからどうってことでもないだろ」

「いや、知りたいだろ、好きな人のことなんだから」

昂大が力説すると、遠藤はわかったようなわからないような顔をして、それからふと思いついたように言う。

「じゃあ手始めに、俺は朝っぱらから下着姿でうろうろされたくないタイプだってことを知っておけ」

「わかった。えんちゃんがそんなに礼儀を重んじるタイプだとは知らなかった」

「礼儀とか関係ねえ。そんな格好でうろうろされたら、朝からまたやりたくなるだろ」

信号が青なら渡るだろう、くらいの当然さで言われて、昴大は椅子から立ち上がったまま固まった。

「え？」

「え、じゃねえよ。それとも襲われたくてやってんの？」

「いや、あの……」

せっかく取り戻したペースをまた狂わされて、昴大はなんとか通常営業に戻ろうと、軽く茶化す。

「えんちゃんて、なんだかんだ言って意外と俺のこと好きだよね？」

バカとかウザとかキモとか返されて、「ひどいよ」と苦笑いして終わるはずだったのだが、

「なにあたりまえなこと言ってるんだよ」

すんなり言われて腰が抜ける。

「おい。イラつくからモジモジするんじゃねえよ」

「だって、えんちゃんが急にデレるから」

「だから俺はデレしかないって言ってるだろう」

なんだかもう、ふわふわと身体が浮き上がりそうだ。

「じゃあさ、デレついでに、元日デートでも行かない？」

「やだ」

あげては落とす。この掴みどころのなさ。

「デレはどこ行ったんだよ！」

抗議しつつも、別に本気で出かけたいなどとは思っていなかった。

「とりあえず、下、穿いてくる」

浴室に放置してあるボトムスを取りに向かおうとしたら、通りすぎざま、遠藤に手荒く引き寄せられた。

「もう手遅れだ。責任とれよ」

「え、ちょっと……」

掴みどころのない恋人と過ごす毎日は、別にデートになど行かなくても、刺激に満ち溢れたものになるだろう。

コーヒーの味のキスと共にラグの上に引き倒されて、数時間前の続きに戻る。

一年の計は元旦にあり、という言葉が脳裏をよぎる。

どうやら新しい年は、幸せに爛《ただ》れまくった一年になりそうだ。

雪の日の帰り道

「すごいね、なんか別世界」

店のドアから外を覗きながら、昂大《こうだい》が弾んだ声で言う。

遠藤《えんどう》は、備品の注文を入力していたパソコンの画面から顔をあげ、入り口に視線を向けた。

一月も終わりに近づいた夜七時。いつもなら外は真っ暗な時刻だが、今日は雪明かりでぼんやりと薄明るく光って見える。

昂大はドアから半身を乗り出して、ますます降り方が激しくなってきた雪をつかまえようと、子供じみた仕草で手を振り回している。

そこそこ上背があるわりに昂大は細身で、黒いボトムスに包まれた腰回りの細さは度々女性客に羨《うらや》ましがられている。遠藤も、抱くたびに壊してしまわないかとやや憂慮している。

「あ、見て、えんちゃん！　結晶すごいきれい」

昂大がダッシュで駆け寄ってきた。ニットの袖をピンと伸ばすため、袖口まで手首を埋めて、指先で袖を押さえている。元々遠藤のものだったニットは、昂大にはワンサイズ大きい。

萌え袖とかいうやつかと、遠藤はおぼろげな単語を思い出す。女子アイドルがやっているのを見て、なにがいいのかと思っていたが、飼い主が遠くに放ったボールをとってきた犬みたいな得意げな顔で「はい」と腕を差し出されて、つい頬がゆるみそうになる。

儚《はかな》い雪片はしかし、もう溶けかけていた。

「ただの水滴だろ」

「まだ残ってるじゃん！　ほら、ここ、ここ！」

「うぜえ」

「なんだよ」

昂大は芝居がかって膨れてみせ、また雪を見に入り口の方へと戻る。

遠藤は無表情のまま、今しがた昂大に対して感じた気持ちにしっくりくる言葉を探して、脳内の辞書をめくる。

微笑ましい。好ましい。かわいい。楽しくなる。

だいたいそんな気持ちだなと思うのだが、口から出てくるのはいつもまるで違う言葉なのだ。

昔からそうだった。親の前でも、友達の前でも。

頭の中にはなんとなく、感謝や好意や愉快な気持ちがありながら、それを自分が口に出すところは想像がつかない。というより、気付くとまるで反対の、感じの悪いことを言っている。

イケメンだとかなんだとか、見た目のことで持ち上げられたり反感を買ったりする年頃になってから、反発心ゆえか、思考と発言内容の齟齬《そご》はより大きくなっていった。

感じの悪い人間だという自覚はある。しかし直らない。

「今日はもう閉めるぞ」

声をかけると、昂大は目を輝かせて振り向いた。

「え、いいの？　まだ七時だけど」

「この雪じゃ、もう客も来ないだろ」

「まあそうだよね」

いつものように手分けをして片付けと掃除をし、その間に洗濯しておいたタオルやガーゼ類を干す。

灯《あか》りを落とし、施錠をして外に出ると、植え込みや歩道だけではなく、車道にもシャーベット状の雪が積もり始めていた。

「天気予報では、降っても舞う程度だって言ってたのにね」

モッズコートに首を埋《うず》めながら、昂大が駐車場の方を覗きみた。

「えんちゃんの車、スタッドレスはいてる？」

「いや」

「運転危なくない？　今日はうちに泊まれば？」

まだ路面も凍っていないし、帰れないほどの雪ではない。

「そうするか」

しかし遠藤は、その誘いを受け入れた。

昂大は一気に嬉しそうな顔になった。

並んで歩きながら、昂大は植え込みの泥の部分にふんわり積もった雪をつま先でそっと押してみたり、ヒメツゲの葉の上の雪をじっと観察したりしている。

「犬じゃないんだからまっすぐ歩け」

「だって雪ってめちゃくちゃテンション上がるじゃん。都内じゃ滅多に降らないからさ」

「こっちはもっと降らねえよ。去年の冬も経験済みだろ」

「確かにそうだね。でもなんか雪のイメージあるんだよな。県内にスキー場いっぱいあるじゃん？」

「北部は気候が違うからな」

「そうか。雪で大変な地方の人には申し訳ないけど、たまに降る雪ってワクワクす……うわっ！」

降ってくる雪片をつかまえようとしていた昂大が、歩道のタイルに足をとられて転倒しそうになる。

遠藤は後ろから二の腕の付け根を摑んでぐいと引き上げた。

「まっすぐ歩けって言ってるだろ」

「悪い。今日に限って、底つるつるの靴で来ちゃったから」

言い訳のようにモカシンの裏を見せつけてくる。

遠藤は昂大の手にがしっと指を絡めて、速足でまっすぐ歩きだした。

「え、ちょっと、えんちゃん」

昂大が戸惑ったような声を出す。

「手なんか繋いだら、ご近所さんに見られるよ?」

「それがなに?」

遠藤はぶっきらぼうに返した。誰かに見られても特に困ることはない。それよりフラフラよろされている方が鬱陶《うっとう》しい。

今まではしゃいでいた昂大が、妙におとなしくなった。視線を向けると、雪明かりに浮かび上がったその顔は明らかに紅潮している。

遠藤が口を開く前に、昂大が慌てたように言った。

「いや、言われなくてもわかってるから。別に繋ぎたくて繋いでるわけじゃないよね? まっすぐ歩けって話だよね? しかも気持ち悪いから頬赤らめるんじゃねえよってね?」

遠藤が言いそうな台詞《せりふ》を、先回りして茶化すように並べ立て、それから視線を逸らしてはにかんだように微笑んだ。

「でもごめん、死ぬほど幸せ」

「うざい」

また反射的に飛び出した単語に、我ながらしょうもないなとため息を吐く。

傷つけたいわけでも、嫌われたいわけでもないのに、いつもつい、露悪的な言葉をぶつけてしまう。

だって実際、うざいのだ。

昂大と一緒にいると、よく、こんなむずむずした気持ちになる。

いつだったか、前の職場の飲み会を途中で離脱して、昂大とハンバーガーショップに入ったことがあった。狭い座席で膝がぶつかり合ったとき、無性に気持ちが昂揚して、落ち着かなくなって、うざいと思った。

遠藤の母親が亡くなったことを知った昂大が、涙ぐんだときも。

遠藤の送別会で、昂大が後輩たちと楽しげに絡んでいたときも。

店の常連客に、増井《ますい》くんが女の子だったらよかったのにねと言われたときも。

考えてみると、うざいのは昂大ではない。そういうときに湧いてくる、ムズムズそわそわして落ち着かない自分の気持ちが、うざいのだ。

「うざいのに手を繋いでくれるなんて、もしかしてえんちゃん、俺のこと相当大好き?」

遠藤の毒舌にへこたれもせず、昂大が軽口を叩いてくる。

こいつのこういうところは本当に大したものだと思う。よく嫌気もささずに、俺なんかとつきあってくれているよな、と。

「いまさらなにあたりまえのこと言ってる」

遠藤がぶっきらぼうに返すと、昂大はまたさらに赤くなった。

「だからいちいち赤くなるな。うざい」

「そんなかっこいい顔で殺し文句言われて、赤くならない人間がいると思う？」

「うるさい」

「なんでそんなにイケメンなんだよ」

舞い落ちる雪の下、横目でチラチラと視線を送られ、またあのムズムズそわそわした感覚に襲われて腹が立ってくる。

「知らねえよ。つかおまえ、結局顔めあてかよ」

「そんなことないよ。でも、顔もえんちゃんの魅力のひとつだと思う」

聞き流して、ぐいぐいと手を引っ張りながら歩いていると、昂大が「じゃあさ」とわくわくした表情で訊ねてくる。

「えんちゃんは俺の何めあて？」

「は？」

「俺のどこが好きって思ってくれたわけ？」

「……どことか、ない」

素っ気なく答えると、昂大は不満そうに「えー」と口を尖《とが》らせた。

「なんだよ。一個もいいとこなしかよ」

しかしすぐに、表情は和らぐ。

「まあいいけど。こうして一緒にいさせてもらえてるだけで幸せだし」

繋いだ手をぶんぶん振り回す昂大を横目に見ながら、心の中で「バカか？」と呟く。

一個もないどころではない。全部が好きだから、こんな路上でいちいち語れないという話だ。

遠藤に欠けているものを、昂大は山のように持っている。

明るく、温厚で、誰にでも親切だが押しつけがましさは一切ない。おごらず卑下せず、いつも笑顔で、芯が強い。出会って八年になるが、昂大を嫌う人間に会ったことがない。

送別会のときに、酔っぱらった昂大が言っていた。

『えんちゃんのことをよくわかってて、毒舌無愛想を天使の笑顔でフォローしまくって、経営接客すべてを手助けしてくれる、有能な熟練スタッフを雇うとか』

昂大は自分を指さして道化てみせたが、そんな仕草をされる前から、それはまさしく昂大のことだと思っていた。

実際、昴大がいなかったら、代替わりした店を軌道に乗せることはできなかったと思う。心地よい店の空気をつくり出しているのは、百パーセント昴大だ。

本人は、自分の方が好きな気持ちが大きいと思っているようだが、とんだ勘違いだ。誰にでも好かれる男。自分はその、誰かの一人にすぎない。実に卑小な存在なのだ。

昴大が遠藤を好きになってくれたのは、奇跡だと思う。

どれほど大事に思っているか見せつけてやりたいくらいだが、そのすべがわからない。我ながら昭和時代の親父《おやじ》かと思うくらい、気持ちを表現する才能がない。気付くと愛情表現とは真逆のことを口走っている。

開き直るのは卑怯だと思うけれど、性格だからしょうがない。それでも好きだと言ってくれる昴大を、心の底から大事にしたいと思っている。思ってはいるのだ。

「えんちゃん、歩くの速いよ。もっとゆっくり雪を楽しもうよ」

のどかに言う昴大に、遠藤はぼそっと返した。

「俺は早く帰りたい」

「風情ないなぁ。もうちょっと手繋ぎデートを満喫したいのに」

「うるさい。手だけじゃ物足りないんだよ」

遠藤が怒ったように言うと、昴大は一瞬目を丸くして、ますます赤くなった。

ああ、ムズムズする。そわそわする。好きすぎて、またひどいことを言ってしまいそうだ。

「行くぞ」

「……うん」

凍《い》てつく冬の空気の中、繋いだ手はうっすらと汗をかいていた。

かわいいやつ、とか思ってしまった自分にさらにムズムズして、遠藤は繋いだ手を自分のコートのポケットにつっこみ、昂大を引きずる勢いで、歩道を進んでいった。

やっぱり言葉は難しい。

だから昂大の部屋に着いたら、ありったけの気持ちを、身体で伝えたいと思う。

POSTSCRIPT

KEI TSUKIMURA

二〇二〇年一冊目の本、お手に取ってくださってありがとうございます。

基本的には包容力のあるわかりやすい溺愛攻が好きですが、たまに違うタイプのお話が書きたくなります。今回はそちらのパターンになりました。でも、わかりやすくないというだけで、本人なりに愛はすごく持っている人です。そこが伝わっていたら嬉しいです。

イラストは苑生先生がご担当くださいました。カバーラフを頂戴したときには、あまりの美しさとかっこよさに激しくときめき、画像を拝見しながら部屋の中をぐるぐる走り回ってしまいました。

苑生先生、お忙しい中、素晴らしいイラストを本当にありがとうございます。

とてもくだらないことなのですが、さっき世紀の大発見をしました。部屋干しの洗濯物をいつも扇風機で乾かしているのですが、十年ほど愛用している扇風機がとてもコンパクトで、高い位置に干した洗濯物にうまく風が当たらないのです。

もう少し高さがあったらなぁと思いながら首の角度を調整していたら、パイプの段差部分にボタンのようなものが。押してみたら、なんと、パイプがするすると伸びるではないですか！　令和最大級の大発見！　というか十年間気付かなかった自分にびっくりしました。

こんなどうしようもない人間ですが、今年もどうぞよろしくお願いいたします。

このたびは小社の作品をお買い上げくださり、誠にありがとうございます。
この作品に関するご意見・ご感想をぜひお寄せください。
今後の参考にさせていただきます。
https://bs-garden.com/enquete/

ロマンス不全の僕たちは

SHY NOVELS356

月村 奎 著

KEI TSUKIMURA

ファンレターの宛先
〒101-0065 東京都千代田区西神田3-3-9大洋ビル3F
(株)大洋図書 SHY NOVELS編集部
「月村 奎先生」「苑生先生」係
皆様のお便りをお待ちしております。

初版第一刷2020年2月5日

発行者	山田章博
発行所	株式会社大洋図書 〒101-0065 東京都千代田区西神田3-3-9大洋ビル 電話 03-3263-2424(代表) 〒101-0065 東京都千代田区西神田3-3-9大洋ビル3F 電話 03-3556-1352(編集)
イラスト	苑生
デザイン	野本理香
カラー印刷	大日本印刷株式会社
本文印刷	株式会社暁印刷
製本	株式会社暁印刷

ISBN978-4-8130-1324-2